Elisa Lark

Auf dem Drahtesel ins Grab

Kurzbeschreibung

Karl wird von seiner Frau zu einer Fahrradtour genötigt. Während er schwer damit beschäftigt ist, nach Atem zu ringen, entdeckt seine Frau am Wegesrand einen leblosen Körper. Auch der Mann war mit einem Fahrrad unterwegs. Allerdings sieht man an seinem Outfit und dem Rennrad, dass er weitaus geübter auf dem Drahtesel war, als Karl. Daher ist es auch verwunderlich, dass er auf freiem Weg so schwer gestürzt ist, so dass er leblos auf dem Boden landete. Als sich herausstellt, dass der Mann keinen Unfall hatte, sondern mit einem präzisen Schuss vom Fahrrad geholt wurde, muss Karl mit Hansi und Simone die Ermittlungen aufnehmen.

1. Kapitel

17. September, nachmittags halb drei in Niederhaibach

Meine Frau hat ihre Freundinnen zum Sonntagnachmittagskaffee eingeladen. Das ist für mich die Zeit, in der ich mich aus dem Staub mache. Daher rufe ich den Leitner Xaver an, ob er mit mir in den Biergarten geht. Natürlich stimmt er sofort zu. Kein Wunder, immerhin ist seine Frau bei meiner Rosi eingeladen.

„Ich bin dann mal weg“, sage ich zu meiner Frau, die gerade in der Küche am Werkeln ist.

Nach Möglichkeit möchte ich schon weg sein, wenn die Horde Frauen hier auftaucht.

„Wo gehst du denn hin?“, hakt sie nach.

„Ich treffe mich mit dem Xaver“, antworte ich ihr.

„Kannst du mir vorher noch ein paar Flaschen Wasser aus dem Keller holen?“, ruft sie mir hinterher, obwohl ich schon fast bei der Haustür bin.

Es hätte nicht mehr viel gefehlt und ich wäre dem Arbeitsauftrag entgangen. Nun jedoch bleibt mir nichts anderes übrig, als in den Keller zu gehen und meiner Frau noch ein paar Flaschen Wasser zu bringen.

„Aber mein Knie macht beim Treppensteigen Probleme."

Dies ist ein Versuch ihrer Bitte zu entkommen. Vielleicht habe ich ja Glück und sie ist gnädig mit mir.

„Du bewegst dich zu wenig. Um Arthrose entgegenzuwirken muss man die Gelenke schonend bewegen. Gleich morgen machen wir eine Radtour", beschließt sie.

Das war dann wohl ein Schuss ins Knie. Jetzt kann ich mich morgen abstrampeln. Wieso habe ich nicht einfach meinen Mund gehalten und bin in den verfluchten Keller gegangen? Seufzend hole ich die Wasserflaschen, denn meine Frau hat mir gerade gesagt, dass ich trotz meiner Knieschmerzen das Gelenk bewegen muss. Also sind weitere Diskussionen verschwendete Energie.

Als ich in die Küche komme und die Wasserflaschen auf der Arbeitsfläche abstelle, wirft Rosi mir einen zufriedenen Blick zu.

„Dann fahren wir gleich morgen früh los. Du wirst sehen, die Bewegung tut dir gut", sagt sie.

„Ganz sicher", murmle ich wenig begeistert.

Bevor meiner Frau noch mehr unangenehme Dinge einfallen, mache ich mich lieber aus dem Staub. Ich steige ins Auto und mache mich auf den Weg zu Xaver. Er wartet schon vor dem Haus. Wie es aussieht kann er es auch kaum erwarten ein kühles

Getränk unter einem schattenspendenden Baum zu genießen.

„Wo bleibst du denn?“, fragt Xaver, als er ins Auto steigt.

„Meine Frau hatte noch einen Auftrag für mich und weil ich gewagt habe zu widersprechen, muss ich morgen mit meiner Frau eine Radtour machen“, erzähle ich ihm.

Er verzieht mitfühlend das Gesicht.

„Du Armer.“

„Ich hätte einfach mein schmerzendes Knie nicht erwähnen dürfen“, murmle ich. „Dabei habe ich gedacht, dass sie ein bisschen Mitleid zeigen würde. Stattdessen hat sie mich zu Bewegung verdonnert. Sie behauptet es würde gegen meine Knieschmerzen helfen.“

Xaver zieht seine Augenbrauen nachdenklich in die Stirn.

„Das hat aber der Arzt zu mir auch schon einmal gesagt“, stimmt er meiner Frau zu.

Bin ich jetzt im falschen Film?

Seit wann ist mein Freund auf der Seite meiner Frau?

„Das ist doch völlig kontraproduktiv. Ich habe die Schmerzen doch nicht umsonst. Mein Körper will mir damit bestimmt sagen, dass ich mich ruhig halten und das Knie so wenig wie möglich bewegen soll“, erwidere ich.

„Das meint man nur. Aber die Produktion der Gelenkschmiere wird nach wissenschaftlichen Erkenntnissen durch Bewegung angeregt“, entgegnet Xaver, als würde er gerade aus einer Ärztezeitung vorlesen.

Irritiert werfe ich ihm einen Seitenblick zu und schüttle den Kopf.

„Sieh mich nicht so an! Meine Frau war letzte Woche beim Arzt, weil ihre Knie auch Probleme machen. Sie hat mir natürlich ausführlich erklärt, was der Arzt ihr geraten hat. Ich bin jetzt quasi ein Profi auf diesem Gebiet.“

„Und jetzt nervst du mich mit dem Zeug“, sage ich vorwurfsvoll. „Mir reicht es schon, dass mich meine Frau mit ihrem Gesundheitsgeschwafel wahnsinnig macht.“

Er verkneift sich nur mit wenig Erfolg ein Lachen, als ich den Wagen auf dem Parkplatz vor dem Biergarten abstelle. Vor dem Zugang zum Biergarten stehen auch viele Fahrräder. Offensichtlich gibt es wirklich eine Menge Leute, die diesem Radfahren etwas abgewinnen können.

Gerade kommen wieder vier Radler an. Sie sind vermutlich besser ausgestattet als so mancher Tour de France Fahrer. Ich weiß ja nicht, was man diesen engen Radlerhosen abgewinnen kann.

Zu allem Überfluss schnappen die vier uns auch noch den letzten freien Schattenplatz weg. Nun bleibt nur noch ein kleiner Tisch in der Mitte des

Biergartens, bei dem nur ein kleiner Teil im Schatten liegt.

„Hier ist ja heute verdammt viel los“, brumme ich und halte noch Ausschau nach einem besseren Tisch.

Leider sind alle anderen Schattenplätze schon besetzt. Daher bleibt uns gar nichts anderes übrig, als den einen zu nehmen. Vor allem, da schon wieder Leute in den Biergarten kommen. Wenn wir uns nicht sputen, dann ist der Tisch auch noch weg und uns bleiben nur noch die Sonnenplätze.

Auch wenn es um diese Jahreszeit nicht mehr so heißt ist, wie im Hochsommer, vertrage ich die pralle Sonne nicht lange. Genau in diesem Moment erblicken auch die neuen Gäste den Tisch und ich kann in den Augen der Mittfünfzigerin sehen, wie sie diesen anpeilt. Schnell setze ich mich in Bewegung und lasse mich gewissermaßen auf einen der Stühle plumpsen.

Die Frau wirft mir einen vernichtenden Blick zu und es ist nicht zu übersehen, dass sie diesen Tisch für sich und ihre Begleiter beanspruchen wollte. Ein Glück, dass ich schneller war. Xaver schaut dafür viel zu langsam. Er steht noch immer da und sieht sich um, während wir beinahe den letzten Schattenplatz verloren hätten.

„Einen besseren Tisch bekommen wir wohl nicht“, sagt er schließlich und setzt sich neben mich, denn der Platz mir gegenüber liegt in der Sonne.

„Und den hätten uns beinahe die da drüben weggeschnappt."

Ich sehe ihn mit hochgezogenen Augenbrauen an. Er runzelt daraufhin die Stirn. Wie es scheint hat er wohl tatsächlich nichts mitbekommen. Vermutlich ist der Andrang auf diesen Biergarten auch die Ursache, warum so lange keine Kellnerin an unseren Tisch kommt.

„Ich glaube die wollen uns verdursten lassen", knurrt Xaver, dem die Warterei offensichtlich auch mächtig gegen den Strich geht.

Als die junge Bedienung an uns vorbeirauscht bin ich nicht schnell genug, um sie zu fragen, ob sie uns etwas zu trinken bringt. Bevor ich sie aufhalten kann, ist sie auch schon wieder weg. Wie es scheint ist sie ziemlich in Eile. Es ist vermutlich wie überall. Gutes Personal ist schwer zu finden.

„Der Biergarten war wohl doch keine so gute Idee", sagt Xaver seufzend. „Wir hätten lieber bei mir auf der Terrasse eine Halbe trinken sollen."

„Wer konnte schon ahnen, dass wir hier auf dem Trockenen sitzen müssen."

„Wenn ich du wäre, würde ich mir morgen bei eurer Radtour genug zum Trinken mitnehmen. Stell dir vor du kommst völlig ausgetrocknet bei einem Biergarten an und dann bekommst du ewig nichts."

Xavers guter Rat lässt mich innerlich seufzen. Mit dem Gedanken mich morgen abstrampeln zu müssen, habe ich mich noch nicht angefreundet. Aber dem werde ich wohl nicht entkommen. Ich glaube kaum, dass meine Frau Erbarmen zeigen wird.

2. Kapitel

18. September, morgens halb acht in Niederhaibach

„Jetzt steh auf Karl! Wir wollen doch mit dem Rad los“, sagt Rosi, als sie die Schlafzimmertür aufreißt und mich ohne Erbarmen aus dem Schlaf reißt.

„Muss das denn schon so früh sein?“, frage ich seufzend. „Ich habe gerade nochmal eingeschlafen.“

Nicht einmal in Pension kann man in Ruhe ausschlafen.

„Du liegst jetzt seit über neun Stunden im Bett. Zu viel Schlaf ist übrigens auch nicht gesund“, sagt sie vorwurfsvoll.

„Was soll denn daran nicht gesund sein“, brumme ich.

„Da wird man faul und träge, was man an dir ja sehen kann“, giftet sie mich an.

„Sag mal bist du heute mit dem verkehrten Fuß aufgestanden, oder warum motzt du mich hier in aller Herrgottsfrüh schon wieder so an?“

„In aller Herrgottsfrüh, dass ich nicht lache.“

Sie zieht mit einem zynischen Lachen die Vorhänge zurück und sofort blendet mich die grelle Sonne. Wir hätten das Haus anders planen sollen. Meine Frau wollte, dass die Morgensonne ins

Schlafzimmer fällt, und nun habe ich den Salat. Das grelle Licht blendet mich und ich kneife meine Augen zu.

„In aller Herrgottsfrüh ist, wenn die Sonne noch nicht aufgegangen ist. Normalerweise steht man mit dem ersten Hahnkrähen auf."

„Ein Glück, dass der Nachbar seinen blöden Gockel nicht mehr hat", knurre ich und denke an die Zeit zurück, als die Nachbarin noch so ein Vieh in ihrem Garten gehalten hat.

Jeden Morgen hat mich dieser blöde Hahn aus dem Schlaf gerissen. Glücklicherweise haben sie dem mittlerweile den Kopf abgeschlagen und ihn im Ofen gebraten. Das hört sich vielleicht grob an, aber hätten die Eigentümer das nicht getan, wäre ich vermutlich sogar zu seinem Mörder geworden. Ich habe noch nie einen so schrecklichen Hahn krähen hören, wie dieses Exemplar. Vor allem hatte der eine unglaubliche Ausdauer.

„Dir kann man es auch nicht recht machen. Jetzt ist es dir zu früh, später dann bestimmt zu heiß. Gib doch einfach zu, dass du keine Lust hast!"

Da kann ich ihr jetzt natürlich nicht widersprechen, sonst müsste ich sie ja anlügen. Tatsächlich kann ich mir wirklich etwas Schöneres vorstellen, als in die Pedale zu treten. Ich hätte meiner Frau doch zustimmen sollen, als sie vorgeschlagen hat, wir sollten uns E-Bikes zulegen. Allerdings war mir da klar, dass dies regelmäßige Radtouren bedeutet hätte. Daher habe ich es ihr wieder ausgeredet.

„Ich komme ja schon“, seufze ich schließlich, denn es ist zwecklos meiner Frau zu widersprechen.

Natürlich gehe ich es heute Morgen langsam an. Gemütlich putze ich mir die Zähne und investiere viel Zeit in meine Körperhygiene. Ich habe es nicht eilig mich auf dem Drahtesel abzustrampeln.

Als ich in die Küche komme, steht kein Frühstück bereit. Das ist ungewöhnlich, denn normalerweise hat Rosi um diese Zeit längst den Tisch gedeckt. Stirnrunzelnd sehe ich mich um. Von meiner Frau fehlt auch jede Spur. Allerdings steht der Wanderrucksack schon bereit. Ich werfe einen Blick hinein und neben zwei Wasserflaschen befindet sich darin auch eine Tupperschüssel.

„Bist du jetzt endlich soweit?“

Erschrocken fahre ich herum. Seit wann schleicht sich meine Frau so leise an?

Ob sie weiß, dass das absolut nicht gut für mein Herz ist? Dabei ist sie doch immer so erpicht darauf, dass ich mich gesund und fit halte. Offensichtlich gilt das nur in Bezug auf die Ernährung und Bewegung.

„Ich habe noch gar nichts gefrühstückt“, entgegne ich.

„Ein bisschen Fasten schadet dir sicherlich nicht“, sagt Rosi und nimmt den Rucksack an sich.

„Du willst, dass ich ohne etwas im Magen Sport mache?“, rufe ich ungläubig.

„Ich habe dir doch schon einmal etwas von Intervallfasten erzählt. Das fördert die Gesundheit. Da du das Abendessen nicht ausfallen lassen willst, muss eben das Frühstück daran glauben“, sagt sie schulterzuckend. „Ich habe etwas zu Essen eingepackt. Wir können gegen zehn Uhr eine Pause machen und was Essen.“

„Gegen zehn Uhr“, rufe ich aufgebracht. „Bis dahin bin ich verhungert.“

„So schnell verhungert man nicht“, brummt sie. „Jetzt komm!“

Ungläubig starre ich ihr nach, wie sie mit dem Rucksack die Küche verlässt.

„Du bist schuld, wenn ich vom Rad falle.“

„Ja, ja“, murmelt sie.

Offensichtlich ist ihr das völlig egal.

Wie soll ich denn mit leerem Magen Radfahren?

Für gewöhnlich gehe ich nie ohne Frühstück aus dem Haus. Schon gar nicht, wenn körperliche Anstrengung ansteht. Das kann doch unmöglich gesund sein!

Ich gehe ins Wohnzimmer und öffne die Süßigkeitenschublade. Dort befindet sich eine angebrochene Tafel Schokolade, von der ich ein Stück abbreche und mir in den Mund stecke.

Meine Frau muss ja nicht wissen, dass ich mir noch ein bisschen Zucker gönne. Somit wende ich die Gefahr ab in die Unterzuckerung zu fallen. Immerhin kann ich nicht zulassen, dass mir beim Radfahren schwarz vor Augen wird, das ist ja unverantwortlich. Natürlich würde meine Frau mir Schokolade zum Frühstück niemals genehmigen.

Als ich in der Garage ankomme, ist meine Frau schon abfahrbereit. Ich schwinge mich auf mein Rad, was vor ein paar Jahren auch noch leichter ging, und ehe ich mich versehe befinden wir uns auch schon auf der Straße.

Da unsere Gemeinde ein Vermögen für Radwege ausgegeben hat, können wir nebeneinander fahren. Meine Frau tritt natürlich gewaltig in die Pedale. Sie ist um einiges fitter als ich, auch wenn ich das niemals in der Öffentlichkeit zugeben würde.

„Sind wir hier bei der Tour de France?“, frage ich sie schwer atmend.

Wenn wir in dem Tempo weiterfahren, dann ist die Unterzuckerung mein geringstes Problem. Da machen meine Lunge und meine Muskeln vermutlich schon früher schlapp. Ich sage es ja nicht gerne, aber meine Frau hat recht. Ich sollte mich wohl mehr bewegen.

„Wir fahren einfach nur auf der Ebene. Das ist doch wirklich nicht anstrengend“, entgegnet sie.

„Das ginge aber auch ein bisschen gemütlicher. Noch dazu, da ich noch nichts gegessen habe.“

Sie wirft mir einen Seitenblick zu und schmunzelt dabei. Offensichtlich findet sie es amüsant mich zu quälen. Ich trete stärker in die Pedale. Wollen wir doch mal sehen, ob ich mit meiner Frau nicht doch mithalten kann.

Es funktioniert ganz gut. Zumindest bis der erste Berg kommt. Na gut, es ist nicht direkt ein Berg, sondern vielmehr eine kleine Erhöhung. Dennoch falle ich sofort etwas zurück. Keine Ahnung woher meine Frau ihre Energie nimmt. Immerhin ist sie auch nur ein bisschen jünger als ich.

„Wann machen wir Pause?“, rufe ich ihr nach, als sie bereits eine Fahrradlänge vor mir ist.

„Wir sind gerade erst losgefahren“, erwidert sie tadelnd.

„Mir kommt es vor, als wären wir schon stundenlang unterwegs“, brumme ich für sie nicht hörbar.

Das ist für meine Frau also eine kleine Radtour. Vermutlich sprengt sie mich den ganzen Tag durch die Gegend, sodass ich heute Abend nicht mehr sitzen kann. Zu allem Überfluss knurrt auch noch mein Magen.

3. Kapitel

18. September, vormittags halb zehn ein paar Kilometer von Niederhaibach entfernt

Zum Glück hatte meine Frau erbarmen und wir sind in einem Biergarten eingekehrt, der sich auf dem Weg befand. Ich bestelle mir ein Weißbier, denn das habe ich jetzt bitter nötig.

„Wäre um diese Zeit nicht eine Tasse Kaffee angebrachter?“, fragt meine Frau und zieht dabei ihre rechte Augenbraue in die Stirn.

„Mir ist heiß und ich brauche jetzt eine Abkühlung. Den Kaffee hätte ich lieber heute Morgen getrunken.“

Diesen kleinen Seitenhieb kann ich mir leider nicht verkneifen. Zumindest brauchen wir heute nicht stundenlang auf die Kellnerin warten. In diesem Biergarten ist auch bei weitem nicht so viel los, wie in jenem, den ich mit dem Xaver gestern besucht habe.

Ich werfe einen Blick in die Speisekarte und würde mir diese am liebsten einmal rauf und runter bestellen, so hungrig bin ich. Meine Wahl fällt auf die Weißwürste, die passen auch perfekt zu meinem Getränk.

Von meiner Frau ernte ich dafür einen vorwurfsvollen Blick, den ich gekonnt ignoriere. In Gegenwart der Kellnerin würde sie mich dahingehend nie tadeln. Das kann ich mir dann vermutlich gleich anhören, wenn die junge Frau unseren Tisch wieder verlassen hat.

„Was darf es bei Ihnen sein?“, fragt sie meine Rosi.

„Ich nehme eine Tasse Kaffee und den Apfelstrudel“, antwortet sie.

Als die Kellnerin wieder weg ist, sieht mich Rosi mahnend an.

„Weißwürste und Weißbier zum Frühstück“, seufzt sie. „So lange können wir gar nicht Radfahren, dass die Kalorien wieder runter sind.“

„Wir sind eh schon so viel gefahren und ich habe jetzt einen Bärenhunger“, erwidere ich.

„Du hast immer einen Bärenhunger“, entgegnet sie und rollt dabei mit ihren Augen.

„Hast du mal auf die Uhr gesehen?“, frage ich sie vorwurfsvoll. „Um diese Zeit esse ich normalerweise schon mein zweites Frühstück.“

Erst als die Worte schon aus meinem Mund sind, fällt mir auf, dass ich mich verplappert habe. Eigentlich sollte meine Frau nichts von meiner Angewohnheit, gelegentlich ein zweites Frühstück zu mir zu nehmen, wissen.

„Du sollst eigentlich gar nicht frühstücken, erst recht nicht zweimal“, blafft sie mich an.

„Das mache ich ja auch nur sehr selten“, lenke ich ein.

Zweifelnd sieht sie mich an. Sie scheint mir das nicht so recht abzunehmen. Doch bevor ich mich jetzt noch tiefer hineinreite, belasse ich es lieber dabei und warte geduldig auf meine Weißwürste.

Meine Frau bekommt ihren Apfelstrudel als erstes. Der sieht wirklich auch sehr lecker aus. Der köstliche Geruch steigt mir in die Nase und für einen Moment bereue ich meine Wahl. Zur Vorspeise so ein kleines Stück Apfelstrudel wäre auch nicht schlecht gewesen. Aber vermutlich hätte meine Frau mich zutiefst verurteilt, wenn ich gleich zwei Gerichte bestellt hätte.

Sie nimmt einen Schluck aus ihrer Kaffeetasse, bevor sie mit der Gabel ein Stück von dem Apfelstrudel absticht. Mein Blick hängt geradezu an ihrem Teller. Mein Magen fängt an zu knurren und ich kann ihn gut verstehen. Um ihn etwas zu beruhigen, nehme ich einen großen Schluck aus meinem Weißbierglas. Wenn das so weitergeht, habe ich mein Bier ausgetrunken, noch bevor meine Weißwürste da sind.

Ich sehe wie die Kellnerin mit einer Porzellanschüssel in unsere Richtung kommt. Meine Hoffnung steigt mit jedem Schritt, den sie auf uns zukommt. Dann jedoch stellt sie die dampfende Schüssel vor einem anderen Gast ab.

Seufzend stoße ich den Atem aus.

„Was hast du?“, fragt Rosi und schiebt sich ein weiteres Stück ihres Apfelstrudels in den Mund.

„Wo bleiben nur meine Weißwürste“, brumme ich und lasse den Eingang zur Küche nicht aus den Augen.

Erneut sehe ich die Kellnerin mit einer Schüssel, in der die Weißwürste serviert werden, aus der Küche kommen. Sie nähert sich unaufhaltsam, doch ich wage es noch nicht mich zu freuen. Womöglich macht sie kurz vor mir wieder einen Schlenker und ich gehe erneut leer aus. Doch diesmal bin zum Glück ich dran. Sie kommt zu mir und stellt die Schüssel auf unseren Tisch. Darunter befindet sich ein Holzbrett mit Brezen und einem Schälchen süßen Senf.

„Danke“, sage ich und greife sofort zum Besteck.

Ich habe jetzt lange genug gehungert. Schon der erste Bissen ist eine Offenbarung. Genüsslich schneide ich eine Scheibe um die andere von der Wurst ab. Die Breze ist sogar noch lauwarm. Lediglich der Senf ist ziemlich knapp bemessen, daher muss ich ihn mir gut einteilen. Es gibt nämlich nichts Schlimmeres als eine Weißwurst ohne süßen Senf.

Als wir mit dem Essen fertig sind, brechen wir auf. Ich hatte ja gedacht, dass wir nun den Weg zurück wieder antreten, doch dabei habe ich wohl nicht mit meiner Frau gerechnet. Sie fährt in die entgegengesetzte Richtung. Offenbar möchte sie mich heute ganz besonders lange quälen.

Vielleicht ist dies auch nur ihre Art der Strafe, weil ich mir in ihren Augen so ein ungesundes Frühstück bestellt habe. Ich trete in die Pedale, um meiner Frau hinterherzukommen. Mit jedem Meter keuche ich mehr und mein Puls rast. Das kann definitiv auch nicht gesund sein!

Mit immensem Kraftaufwand hole ich langsam auf. Doch gerade als ich mich eingetreten habe, macht Rosi eine Vollbremsung und bleibt abrupt stehen. Geradeso schaffe ich es zu bremsen, bevor ich ihr hintendrauf knalle.

„Was soll denn das?“, rufe ich erschrocken und stelle einen Fuß auf den Boden, um nicht umzufallen.

„Oh mein Gott!“, höre ich Rosis entsetzte Stimme.

„Warum bleibst du denn einfach stehen?“, frage ich vorwurfsvoll. „Ich wäre dir fast hintendrauf gefahren.“

„Da liegt jemand“, erwidert meine Frau mit brüchiger Stimme.

Sie steigt von ihrem Fahrrad ab und klappt den Ständer hinunter. Als ich den leblosen Körper neben dem Weg liegen sehe, steige ich auch von meinem Rad, spare mir jedoch die Zeit, um den Ständer runterzuklappen. Stattdessen lasse ich das Rad einfach auf den Wegesrand fallen. Dort befindet sich eine Wiese, wodurch der Aufprall abgefedert wird.

Neben dem Körper liegt ebenfalls ein Fahrrad. Allerdings ein Rennrad. Als wir näherkommen sehe ich, dass es sich um einen jungen Mann handelt. Er ist wie ein professioneller Radfahrer gekleidet und auch der Helm scheint hochwertig zu sein.

„Ich rufe gleich die Rettung“, ruft Rosi aufgebracht und holt ihr Handy aus dem Rucksack.

Ich bin überrascht, dass sie es überhaupt dabeihat. Immerhin wollte sie anfangs nichts mit dem Teil zu tun haben. Ich konnte es verstehen, denn ich hatte da auch so meine Probleme mit den technischen Neuerungen. Rosi zittert regelrecht und beinahe wäre ihr das Handy gerade aus den Händen geglitten.

Der Mann liegt bäuchlings auf der Wiese und ich beuge mich zu ihm, um den Puls zu prüfen. Als ich meine Finger an seinen Hals halte, stoße ich den Atem aus.

„Den Krankenwagen kannst du dir sparen“, rufe ich Rosi zu.

Sie hält in der Bewegung inne und sieht zu mir hoch. Dabei wirkt sie völlig überfordert und die Frage „Warum?“ ist ihr ins Gesicht geschrieben.

„Der Mann ist tot“, erkläre ich ihr.

4. Kapitel

18. September, mittags halb zwölf ein paar Kilometer von Niederhaibach entfernt

Ich versuche meine Frau zu beruhigen, während wir auf meine Kollegen warten.

„Du solltest dich lieber hinsetzen!“, schlage ich ihr vor.

Sie ist kreidebleich im Gesicht. Die Situation überfordert sie völlig. Eigentlich sollte ich mir die Leiche ja noch etwas genauer ansehen, doch ich warte lieber bis die Verstärkung eintrifft. Bis dahin sorge ich dafür, dass meine Frau nicht aus den Latschen kippt.

Während sie geistesabwesend mit dem Kopf nickt, stütze ich sie, damit sie sich auf den großen Stein setzen kann. Dabei versuche ich sie so zu platzieren, dass sie nicht mehr auf die Leiche blicken muss. So wird es für sie hoffentlich etwas leichter.

„Da kommen sie ja endlich“, sage ich erleichtert, als ich die Kollegen ankommen sehe.

Hansi und Simone steigen als erste aus dem Wagen und während eine Gerichtsmedizinerin, die ich noch nie zuvor gesehen habe ihre

Untersuchungstasche aus dem Kofferraum holt, kommen die beiden auf mich zu.

„Wo ist denn der Rudi?“, frage ich die beiden, nach einer kurzen Begrüßung.

„Der hat Urlaub“, antwortet Hansi.

„Frau Sommer ist seine Vertretung“, erklärt Simone und stellt uns in diesem Zuge gleich vor.

Ich reiche der Gerichtsmedizinerin die Hand.

„Freut mich.“

„Mich auch“, entgegnet sie und lächelt dabei freundlich.

Anschließend öffnet sie ihre Tasche und zieht sich ein Paar Handschuhe über.

„Haben Sie die Leiche schon bewegt?“, fragt sie, bevor sie mit der Untersuchung beginnt.

Ich schüttle den Kopf.

„Nein, ich habe nur nach dem Puls gefühlt und festgestellt, dass die Leiche schon ziemlich kalt ist“, antworte ich der blonden Frau Mitte vierzig.

Als Erstes macht sie Fotos von der Leiche, dann beugt sie sich hinunter und beginnt mit der Untersuchung. Doch schon als sie den Oberkörper leicht anhebt, beendet sie diese umgehend und richtet sich auf.

„Da müssen auch die Kollegen der Spurensicherung kommen“, informiert sie uns. „Der Mann wurde erschossen. Das war definitiv Mord.“

„Was?“, ruft meine Frau, die auf dem Stein sitzt und deren Gesichtsfarbe noch immer weit von normal entfernt ist.

„Deswegen das viele Blut“, murmle ich.

Mir ist schon zuvor aufgefallen, dass sich unter dem Brustbereich des Mannes das Gras rot gefärbt hat. Aber da bin ich noch davon ausgegangen, dass er sich beim Sturz verletzt hatte.

„Was ich jetzt auf den ersten Blick gesehen habe, hat der Täter direkt das Herz erwischt. Vermutlich war das Opfer gleich tot, aber um dies mit Sicherheit sagen zu können, muss ich die Leiche noch genauer untersuchen“, sagt Frau Sommer.

„Ich rufe gleich die Spusi an“, schlägt Simone vor und angelt ihr Telefon aus der Hosentasche.

„Wer erschießt denn einen Radfahrer?“, fragt meine Rosi völlig aufgelöst.

Für sie ist die Situation definitiv zu viel. Ich befürchte, dass ihr die Bilder noch lange nachgehen werden. Leider gibt es keine Tipps und Kniffe, wie man solche Erfahrungen am besten verarbeiten kann. Jeder geht damit auf seine Weise um und je öfter man natürlich mit dem Tod zu tun hat, desto abgestumpfter wird man.

Für mich ist das schon ein gewohnter Anblick und ich habe auch schon weitaus schlimmer zugerichtete Leichen gesehen. Doch meine Frau ist auf diesem Gebiet noch sehr unerfahren und von Haus aus ein sehr mitfühlender Typ. Daher wäre dieser Beruf für sie auch niemals geeignet gewesen. Rosi ist ein sehr sozialer Mensch und für Mord und Verbrechen nicht gemacht.

„Das werden wir herausfinden“, versichere ich meiner Frau.

Sie nickt abwesend und stützt sich mit den Ellbogen auf ihren Knien ab, bevor sie ihr Gesicht in ihren Händen vergräbt. Simone sieht besorgt zu ihr.

„Soll ich sie lieber nach Hause fahren?“, fragt sie mich.

„Das ist vielleicht keine schlechte Idee“, antworte ich nachdenklich und sehe zu Rosis Fahrrad. „Aber wie bekomme ich dann das Rad heim?“

In Rosis derzeitigem Zustand sollte sie wirklich nicht am Straßenverkehr teilnehmen. Es wäre wirklich besser, wenn Simone sie mit dem Auto nach Hause fährt.

„Das kann doch Hansi nach Hause fahren“, schlägt Simone vor.

„Ich?“, fragt er überrascht. „Wisst ihr, wie lange ich schon nicht mehr auf einem Drahtesel gesessen bin?“

„Dann wird es höchste Zeit“, entgegne ich.

„Ich habe keine Ahnung, ob ich das überhaupt noch kann.“

„Radfahren verlernt man nicht“, sagt Simone.

Er stößt seufzend den Atem aus.

„Von mir aus.“

Ich gehe zu Rosi und beuge mich zu ihr.

„Simone fährt dich nach Hause. Dort legst du dich etwas hin und ruhst dich aus!“

Sie sieht zu mir auf und der Schock ist ihr deutlich anzusehen.

„Aber mein Fahrrad“, murmelt sie, wobei dies nicht unbedingt ein Einwand, sondern vielmehr ein Hilferuf ist.

„Mach dir keine Sorgen. Das fährt Hansi nach Hause“, beruhige ich sie.

„Ah, gut“, murmelt sie kaum hörbar.

Sie erhebt sich und ich lege meinen Arm um ihre Schulter.

„Ich komme nach, sobald wir hier fertig sind.“

„Ich komme schon klar“, versichert sie mir.

Während Rosi mit Simone in das Auto steigt, gehe ich mit Hansi zu der Leiche. Dort ist Frau Sommer noch immer bei der Arbeit. Mittlerweile hat sie die Leiche auf den Rücken gedreht und wir haben einen freien Blick auf sein Gesicht.

Das Opfer ist hager, doch es ist nicht zu übersehen, dass er sehr sportlich und durchtrainiert war. Die enge Sportbekleidung zeigt jeden einzelnen Muskel. Da hat der arme Kerl sich sein ganzes Leben so abgestrampelt und dann jagt ihm einfach jemand eine Kugel in die Brust.

„Es gibt keine Austrittswunde. Das bedeutet die Kugel steckt noch irgendwo im Körper des Opfers. Da die Leichenstarre bereits einsetzt, ist der Mord etwa ein bis zwei Stunden her“, erklärt sie.

„Wie heißt der Mann?“, hake ich nach.

„Er hat leider keine Geldbörse bei sich. Es wird etwas dauern, bis die Kollegen das herausbekommen haben“, antwortet sie.

Ein Kollege kurz vor der Rente gesellt sich zu uns. Wir haben früher schon oft zusammengearbeitet und er ist ein wirklich guter Polizist.

„Der Schuss muss von der Richtung gekommen sein. Er hat ihm von vorne direkt in die Brust geschossen“, erklärt er und deutet mit dem Finger in die Richtung, in die er sieht.

„Wenn ihr mir etwas Zeit gebt, dann kann ich auch genauere Angaben zur Fluglinie und Entfernung geben“, sagt Frau Sommer.

Um die Wartezeit zu überbrücken, schwingen Hansi und ich uns auf die Fahrräder und treten den Heimweg an. Die Kollegen übernehmen die restlichen Arbeiten hier und wir werden erst bei den Ermittlungen wieder benötigt.

5. Kapitel

18. September, nachmittags halb zwei ein paar Kilometer von Niederhaibach entfernt

Mit Hansi ist die Fahrt viel entspannter. Er lässt es beim Sport auch gerne langsam angehen, was mir sehr gelegen kommt.

„Gibt es auf dem Weg ein Restaurant, wo wir was essen können?“, fragt er nach einer Weile.

Ich würde es meiner Frau natürlich nie sagen, aber eine Radtour mit Hansi gefällt mir um einiges besser. Er legt genauso viel Wert aufs Essen wie ich. Auch für ihn steht bereits nach einer kurzen Fahrt eine Einkehr auf dem Programm. Rosi ist da ganz anders. Bei ihr steht die Bewegung an erster Stelle und nicht der Biergarten.

„Jetzt müsste rechts gleich ein Biergarten kommen. Da habe ich zuvor mit Rosi gefrühstückt. Es war recht schön dort“, schlage ich ihm vor.

„Dann machen wir da eine kurze Pause“, erwidert er. „Ich habe noch nichts zu Mittag gegessen.“

„Gute Idee, ich könnte auch eine Kleinigkeit vertragen“, stimme ich ihm zu.

Immerhin habe ich heute auch noch kein Mittagessen zu mir genommen. Die Weißwürste waren schließlich mein Frühstück und wie jedes Kind weiß, sind drei anständige Mahlzeiten am Tag wichtig für eine gesunde Ernährung.

Keine Ahnung wer meiner Frau den Floh mit dem Intervallfasten ins Ohr gesetzt hat. Aber das ist ja nicht das erste Mal, dass ich von diesem Irrsinn höre. Rosi hat ja schon mehrmals versucht mir Fastenperioden aufzuerlegen. Langsam könnte sie schon wissen, dass ich die sowieso nicht durchhalte.

Tatsächlich sind wir schon nach einer kurzen Fahrt beim Biergarten. Vermutlich weil wir beide stärker in die Pedale getreten haben, als uns klar war, dass ein kühles Radler und etwas zu Essen auf uns wartet.

Wir stellen die Räder ab und ich verkneife mir einen Spruch dazu, wie es aussieht, wenn Hansi auf einem Damenfahrrad unterwegs ist. Immerhin tut er meiner Frau einen Gefallen. Er hätte sich auch weigern können das Rad zu fahren. Wie hätte ich das Rad dann nach Hause gebracht?

„Da ist doch ein schönes Plätzchen“, sagt Hansi und zeigt auf einen Tisch in der hinteren Ecke des Biergartens.

„Ja, den nehmen wir!“, stimme ich ihm sofort zu.

Erneut versuchen andere ankommende Besucher uns den Platz streitig zu machen, denn ich sehe, wie eine junge Frau genau diesen Tisch ins Visier nimmt. Allerdings bin ich nun nicht mit Xaver, sondern dem Hansi unterwegs. Er ist auch ein alter Spürhund, so wie ich, daher erkennt er die Gefahr sofort und legt fast einen Sprint hin. Tatsächlich schafft er es kurz vor der jungen Frau dort anzukommen und sich auf einen der Stühle plumpsen zu lassen.

Die Miene der Frau spricht Bände und obwohl sie Hansi finstere Blicke zuwirft, bleibt dieser wie angenagelt sitzen. Er sieht wohl gar nicht ein, dass er auf den Tisch verzichtet. Warum sollte er auch?

Er war einfach schneller!

„Die hat dir gerade Todesblicke zugeworfen", informiere ich ihn amüsiert.

„Die hat geglaubt sie könnte uns den Platz streitig machen", erwidert er.

Dabei zieht er eine Augenbraue in die Stirn und setzt eine siegessichere Miene auf. Ich verkneife mir ein Lachen und lehne mich seufzend zurück. Dabei strecke ich die Beine aus. Mein Hintern schmerzt vom vielen Radfahren und ich bin wirklich froh, wenn ich nicht mehr auf den harten Sattel muss.

Als die Kellnerin kommt und ich meine Bestellung aufgebe, bin ich froh, dass Rosi nicht mehr dabei ist. Nicht, weil ich ihre Gesellschaft nicht genießen würde, es geht lediglich darum, dass sie mir wieder finstere Blicke zuwerfen würde. Vermutlich käme auch die Frage, warum ich mir ein Schnitzel bestelle, wenn ich doch zuvor schon Weißwürste zum Frühstück hatte.

Sie würde nicht verstehen, warum ich jetzt nicht eine gesunde Alternative wähle und das bekäme ich ganz sicher auch zu hören. Aber jetzt muss ich das ausnutzen, denn wer weiß, wann ich wieder die Möglichkeit habe gleich zweimal am Tag etwas Anständiges zu essen. Zuhause gibt es jedenfalls nicht gleich zweimal Wurst- und Fleischgerichte an einem Tag.

Während wir auf die Getränke und das Essen warten, sieht Hansi mich stirnrunzelnd an.

„Das Opfer ist diese Strecke mit Sicherheit regelmäßig um dieselbe Zeit geradelt“, sage er nachdenklich.

„Du denkst der Schütze hat ihn abgepasst“, entgegne ich.

„Du nicht?“, erwidert er.

„Doch, alles sieht danach aus“, stimme ich ihm zu.

Immerhin ist der Schuss vermutlich präzise ausgeführt worden. Ich gehe davon aus, dass der Täter sein Opfer nicht willkürlich ausgewählt hat. Alles an der Tat deutet darauf hin, dass es sich um einen gezielten Anschlag handelte. Entweder es ging um persönliche Streitigkeiten, oder es war sogar ein Auftragsmord.

Auch letzteres sollten wir nicht außer Acht lassen. Immerhin hat der Täter einen tödlichen Schuss abgesetzt und ich glaube nicht, dass dies ein Zufall war. Sicherlich erfahren wir dazu mehr, sobald Frau Sommer und die Kollegen der Spusi mit ihren Untersuchungen fertig sind.

„Ich sage dir, dass dies ein gezielter Mordanschlag war“, sagt Hansi verschwörerisch. „Der Täter hat sich auf die Lauer gelegt und gewartet, bis das Opfer hier vorbeikam. Dann hat er kaltblütig abgedrückt."

„Vielleicht war es auch ein Auftragsmord", werfe ich ein.

„Wäre auch möglich", murmelt er nachdenklich. „Aber bei uns auf dem Land wird doch normalerweise kein Auftragsmord begangen."

Zustimmend nicke ich. Ich kann mir auch nicht wirklich vorstellen, dass in unserem beschaulichen Ort jemand einen Auftragskiller anheuert. Das hört sich vielmehr nach einem Krimi oder dergleichen an. Aber ausschließen können wir natürlich selbst das nicht.

Als unser Essen kommt, beenden wir die Spekulationen über unseren neuen Fall und genießen die Köstlichkeiten. Manchmal frage ich mich ja selbst, warum ich immer so großen Appetit habe. Andererseits ist es schon einige Stunden her, dass ich die Weißwürste verdrückt habe. Nicht zu vergessen, dass ich dazwischen schon wieder ganz schön viel gestrampelt bin. Da ist es doch nicht verwunderlich, dass ich wie ein hungriger Wolf über meinen Teller herfalle.

Natürlich esse ich den ganzen Teller leer und auch wenn ich weiß, dass ich von Hansi nichts abbekomme, so wie es manchmal bei meiner Frau der Fall ist, tadelt er mich nicht für meine verfressene Art. Vermutlich auch darum, weil er selbst auch nicht gerade ein spärlicher Esser ist. Er leert seinen Teller ebenfalls bis auf den letzten Krümel und lehnt sich zufrieden zurück, als er fertig ist.

„Wir sollten aufbrechen“, schlage ich vor, als wir unsere Getränke geleert haben.

„Simone wartet sicher schon im Revier auf uns“, erwidert er zustimmend.

„Aber es eilt nicht. Sicherlich hat die neue Gerichtsmedizinerin die Untersuchung noch nicht beendet und die Spusi hat den Bericht bestimmt auch noch nicht fertig.“

Dennoch brechen wir auf. Immerhin müssen wir erst noch die Fahrräder nach Hause bringen, bevor wir dann ins Revier fahren können. Nach meiner Rosi muss ich auch noch sehen. Ich möchte sie nicht alleine lassen, wenn ich nicht sicher bin, dass es ihr gutgeht.

6. Kapitel

18. September, nachmittags halb fünf in Straubing

Ich fahre Hansi zurück ins Revier. Dabei gehe ich noch mit ins Büro, auch wenn ich nicht glaube, dass die Kollegen heute schon Ergebnisse für uns haben. Dort angekommen treffen wir auf Simone, die fleißig arbeitet.

„Wir wissen schon, wer unser Opfer ist“, eröffnet sie uns. „Es handelt sich um Helmut Kramer. Er war 42 Jahre alt und nicht verheiratet.“

„Wie hast du das so schnell herausbekommen?“, hake ich nach.

„Das war Zufall“, antwortet sie. „Ein Kollege hat ihn erkannt und wusste seinen Namen.“

„Und wusste der Kollege auch wer der Täter sein könnte?“, frage ich sie.

„Er kennt ihn lediglich aus der Nachbarschaft und weiß nichts von Feinden oder Streitigkeiten“, antwortet sie.

„Gibt es eine Partnerin?“, fragt Hansi.

„Auch das wusste der Kollege nicht. Auf jeden Fall ist er alleine in seiner Wohnung gemeldet“, erklärt sie. „Es gibt nur ein lediges Kind, welches bei der Mutter lebt.“

„Wie alt ist das Kind?“, hake ich nach.

Simone tippt auf ihrer Tastatur.

„Es ist eine Tochter und sie ist dreizehn Jahre alt“, liest sie vor.

„Vielleicht hat ja der Mord etwas mit der Mutter seiner Tochter zu tun“, sagt Hansi nachdenklich. „Eifersucht ist doch auch oft das Mordmotiv.“

„Das denke ich eher nicht, denn die beiden haben nie zusammengelebt“, entgegnet Simone. „Wenn es um Eifersucht gegangen wäre, dann doch schon gleich während der Schwangerschaft oder spätestens nach der Geburt des Kindes.“

„Vielleicht gab es ja Streit ums Geld. Nicht bezahlte Alimente oder dergleichen“, schlage ich vor.

„Das wäre natürlich eine Möglichkeit“, murmelt Simone.

„Dann sollten wir mit der Mutter reden“, sagt Hansi.

„Ich rufe sie gleich mal an und mache einen Termin für morgen aus“, erwidert Simone und greift zum Telefon.

Das Gespräch dauert nicht lange und als Simone den Hörer auflegt, nickt sie uns zu.

„Morgen um neun Uhr ist sie zu Hause und wir können vorbeikommen“, informiert sie uns.

„Jetzt müssen wir noch die armen Eltern informieren“, seufzt Simone.

„Könnt ihr das ohne mich machen?“, frage ich die beiden. „Ich würde gerne nach meiner Rosi sehen.

Das Auffinden der Leiche hat sie ganz schön verschreckt."

„Natürlich, fahr du zu Rosi!", antwortet Simone. „Hansi und ich machen das schon."

Ich verabschiede mich von den beiden. Es ist ja nicht gelogen, dass ich nach meiner Frau sehen möchte. Allerdings kann ich auf den Besuch bei den Angehörigen und der Überbringung dieser schrecklichen Tat wirklich gerne verzichten. Das sind die schlimmsten Momente unserer Arbeit. Doch Simone macht das wirklich gut. Sie ist bei diesen Dingen immer sehr einfühlsam und kann wirklich gut mit Menschen umgehen.

Als ich kurz darauf zu Hause ankomme, sitzt meine Frau auf der Terrasse bei einem Glas Wein. Sie wirkt ziemlich gefasst und ich hoffe es liegt nicht daran, dass sie schon ein paar Gläser Wein intus hat. Das wäre nämlich wirklich ein Hinweis auf ein schweres Trauma, denn meine Frau trinkt nie übermäßig viel.

„Na, wie geht es dir?", frage ich sie, als ich die Terrasse betrete.

„Wieso, wie soll es mir denn gehen?", entgegnet sie stirnrunzelnd.

„Ich hatte den Eindruck, als hätte dich der Anblick der Leiche ganz schön schockiert."

„Angenehm war es nicht", brummt sie zustimmend.

Sie greift nach ihrem Glas und nimmt einen Schluck daraus. Ich mustere sie eingehend, als ich neben ihr sitze.

„Was siehst du mich jetzt so an?“, fragt sie stirnrunzelnd.

„Wie viel von denen hast du denn schon getrunken?“

Ich weiß sehr wohl, dass ich mich mit dieser Frage auf gefährliches Terrain begebe. Immerhin mag es meine Frau gar nicht, wenn man sie bevormundet, auch wenn ich das gar nicht tue. Ihre Auffassung davon ist jedoch oftmals eine andere.

„Was soll diese Frage?“, entgegnet sie mit gefährlichem Unterton in der Stimme.

„Ich mache mir doch nur Sorgen“, entgegne ich.

„Weshalb?“, erwidert sie. „Etwa, weil ich zu viel trinke?“

„Hast du denn zu viel getrunken?“, hake ich nach.

Mir ist sehr wohl bewusst, dass diese Situation sich ganz schnell zu einem handfesten Streit entwickeln könnte. Dennoch stelle ich mich todesmutig der Gefahr.

„Das ist mein erstes Glas“, antwortet sie schließlich seufzend.

Offensichtlich hat sie nicht vor, mich für meine Fragen zu verurteilen. Vielleicht ist ihr bewusst, dass ich mir wirklich nur Sorgen um sie mache und das ist doch eigentlich ein Beweis der Zuneigung. Sie ist mir wichtig und das sollte sie mir hoch anrechnen. Oder zumindest überhaupt anrechnen und nicht zum Vorwurf machen. Offensichtlich sieht sie das genauso.

Zumindest bin ich erleichtert, denn nun wirkt meine Frau im Vergleich zu heute Mittag schon viel gefasster. Rosi hat eine kräftige Natur und steckt es gut weg. Das beruhigt mich ungemein, denn mit einem Trauma ist wirklich nicht zu spaßen.

„Du hast dir also Sorgen um mich gemacht?“, sagt Rosi schmunzelnd.

„Natürlich, immerhin ist das Auffinden eines Mordopfers eine außergewöhnliche Situation.“

„Ich war tatsächlich ziemlich schockiert“, gibt sie schließlich zu. „Aber jetzt habe ich mich schon wieder beruhigt. Es war nur der erste Schock.“

„Gut, dann hole ich mir jetzt auch ein Glas Wein und wir stoßen auf den Schock an.“

„Mach das!“, stimmt sie mir zu.

Ich gehe in die Küche, wo die Flasche Wein auf der Arbeitsplatte steht. Nachdem ich mir ein Glas eingeschenkt habe, werfe ich einen Blick in den Kühlschrank. Es ist nicht so, dass ich schon wieder starken Hunger hätte, aber eine Kleinigkeit zum Wein könnte ich schon vertragen.

„Ich habe mir schon gedacht, dass du dich nicht nur mit einem Glas Wein zufriedengibst.“

Erschrocken fahre ich herum. Meine Frau steht in der Tür und sieht mich mit einem wissenden Gesichtsausdruck an.

„Musst du dich denn immer so anschleichen?“, frage ich vorwurfsvoll und schlage meine Hand theatralisch an die Brust.

„Ich habe mich nicht angeschlichen“, entgegnet sie. „Du bekommst nur nichts mehr rund um dich mit, sobald du in den Kühlschrank schaust.“

„Stimmt ja gar nicht“, murmle ich schmollend.

Rosi lächelt und sieht mich kopfschüttelnd an.

„Lass mich mal ran!“, fordert sie. „Ich mache uns etwas zu Essen, immerhin haben wir heute nur das späte Frühstück zu uns genommen.“

Es wäre wohl an der Zeit, um ein Geständnis abzulegen. Immerhin habe ich seitdem sehr wohl noch etwas gegessen und das nicht einmal wenig. Andererseits würde Rosi dann wohl nichts mehr kochen und ich möchte schließlich verhindern, dass sie ohne anständige Mahlzeit den Tag beendet. Daher schweige ich und mache Rosis Arbeitsbereich frei.

7. Kapitel

19. September, vormittags halb neun in Straubing

Als ich im Büro ankomme, warten Hansi und Simone schon auf mich.

„Da bist du ja endlich!“, ruft Hansi vorwurfsvoll.

„Wie geht es denn Rosi?“, fragt hingegen Simone besorgt.

„Sie steckt es gut weg“, antworte ich ihr und ignoriere Hansis Vorwurf.

„Wir müssen gleich aufbrechen“, sagt Hansi, als ich mich auf meinen Stuhl setzen möchte.

Ich werfe einen Blick auf meine Armbanduhr. Wir müssen erst gegen neun Uhr bei der Mutter der unehelichen Tochter unseres Opfers sein. Sie wohnt ganz in der Nähe vom Revier, daher haben wir meines Erachtens noch etwas Zeit, bevor wir losfahren müssen.

„Wieso bressiert es dir denn so?“, frage ich Hansi stirnrunzelnd.

„Die Sommer hat angerufen. Wir können gleich noch bei ihr vorbeikommen, sie ist mit der Untersuchung schon fertig“, informiert mich Simone.

Dann ist mir natürlich klar, wieso Hansi unbedingt gleich aufbrechen möchte.

Kurz darauf sind wir auch schon bei der Urlaubsvertretung von Rudi angekommen. Sie sitzt am Schreibtisch und steht auf, als sie uns sieht. Wir folgen ihr in den Untersuchungsraum, in dem der Geruch immer sehr gewöhnungsbedürftig ist. Eine Mischung aus Desinfektionsmittel und Tod steigt mir in die Nase und ich dränge die aufsteigende Übelkeit zurück. In all den Jahren meines Berufslebens konnte ich mich nie daran gewöhnen.

„Nun weiß ich auch, warum es keine Austrittswunde gab“, erklärt Frau Sommer, während sie das türkise Tuch über dem leblosen Körper des Opfers zurückschlägt.

An der Brust sieht man die Narbe, welche verrät, dass der Leichnam obduziert wurde. Wie man schon in der engen Sportbekleidung sehen konnte, besteht der Körper des Mannes aus Sehnen und Muskeln. Kein Gramm Fett ist daran zu erkennen.

„Sie ging direkt durchs Herz und blieb anschließend in der Wirbelsäule stecken“, sagt sie und hält uns die Kugel, welche sich in einem kleinen Schälchen befindet unter die Nase.

„Die könntet ihr gleich noch mitnehmen und den Kollegen der Spusi geben!“, schlägt sie vor und reicht das Schälchen an Simone weiter.

Sie nimmt es an sich und nickt Frau Sommer dabei zu.

„Dann war es aber sicher ein gezielter Schuss oder?“, hake ich nach.

„Oder ein absoluter Glückstreffer, im negativen Sinne“, entgegnet Frau Sommer. „Der Schuss wurde laut Berechnungen aus ungefähr einhundert Meter Entfernung abgegeben. Aus dieser Entfernung das Herz zu treffen, da braucht es schon fast einen gut ausgebildeten Scharfschützen.“

„Oder einen verdammt guten Sportschützen“, murmle ich nachdenklich.

Ich kann die Theorie mit dem Auftragsmord noch nicht so recht glauben. Wir sind hier in Niederbayern, fast mitten in der Pampa und nicht in einer Großstadt. Wer sollte denn in der Nähe von Niederhaibach einen Scharfschützen anheuern?

Aber natürlich stellt sich die Frage, wer sonst so ein geübter Schütze sein könnte, der auf diese Entfernung einen perfekten Schuss abfeuert?

Noch dazu, auf ein sich bewegendes Objekt, um es mal ganz förmlich auszudrücken.

Es ist ja nicht so, als würde man auf eine Scheibe zielen, die sich keinen Millimeter rührt.

„Ich kenne keinen Sportschützen, der auf diese Entfernung ein bewegtes Ziel treffen könnte“, brummt Hansi.

„Na ja, ich auch nicht, aber mal ehrlich, die Sache mit dem Scharfschützen ist doch auch irgendwie unglaubwürdig.“

Bei meiner Antwort zuckt er die Schultern und Simone runzelt die Stirn.

„Wir müssen nach einem Motiv suchen“, sagt sie entschlossen. „Nur das wird uns zu dem Täter führen.“

Natürlich hat Frau Sommer keine hilfreichen Spuren am Opfer gefunden, was aufgrund der Tat auch eher ungewöhnlich wäre. Nicht umsonst hat sich der Täter aus weiter Entfernung auf die Lauer gelegt. So hat er keine Spuren in der Umgebung hinterlassen.

„Ich habe mit den Kollegen der Spurensicherung schon gesprochen und ihnen Einschusswinkel und Entfernung mitgeteilt. Sie sind auf dem Weg, um dementsprechend die Umgebung nach Spuren abzusuchen“, informiert uns Frau Sommer, bevor wir uns von ihr verabschieden, um zu unserem Termin aufzubrechen.

Ich habe nicht viel Hoffnung, dass die Kollegen der Spusi hilfreiche Hinweise finden werden. Ein Täter der so professionell arbeitet, wird sicherlich keine Fehler machen und am Tatort Spuren hinterlassen.

„Konnten die Eltern des Opfers auch keinen Hinweis auf den Täter geben?“, frage ich meine Kollegen, als wir uns auf den Weg zu der Mutter der unehelichen Tochter machen.

„Die waren am Boden zerstört, als wir ihnen die schreckliche Nachricht überbracht haben“, entgegnet Simone.

„Das kann ich mir vorstellen“, murmle ich und verdränge den Gedanken daran, wie es mir gehen würde, wenn ich an deren Stelle wäre.

„Aber sie konnten sich nicht vorstellen, wer ihrem Sohn so etwas hätte antun wollen. Sie sind der Überzeugung, dass er ein zufälliges Opfer war und es der Täter gar nicht auf ihn abgesehen hatte“, erklärt Simone weiter.

„Aber sie haben auch bestätigt, dass ihr Sohn diese Radstrecke wöchentlich um die gleiche Zeit zu Trainingszwecken zurückgelegt hat. Er war wohl ein Fahrradjunkie“, wirft Hansi ein.

„Das hat man ihm ja auch angesehen. Der Kerl bestand ja nur aus Sehnen und Muskeln“, brumme ich und verstehe nicht, wie man sein Leben nur für den Sport opfern kann.

So eine immense Anstrengung, anstatt einfach die Schönheiten des Lebens und vor allem das gute Essen zu genießen.

„In der Arbeit gab es auch keinen Konkurrenten?“, hake ich weiter nach.

Simone schüttelt den Kopf.

„Laut Aussage der Eltern keinen. Aber der Chef und die Kollegen stehen als nächstes auf unserer Befragungsliste“, antwortet Simone.

„Das wird wohl ein langer Tag“, seufze ich und lehne mich im Autositz zurück.

Dabei brauche ich es mir gar nicht so gemütlich zu machen, denn da die Frau gar nicht weit entfernt wohnt, sind wir auch schon da. Hansi parkt den Wagen auf der Straße, an die der Wohnblock grenzt.

„Da drin wohnt die Frau mit dem Kind?“, frage ich etwas schockiert.

Es handelt sich um einen großen, sehr in die Jahre gekommenen Wohnblock. Soweit ich weiß befinden sich hier in erster Linie Sozialwohnungen.

„Die Frau ist alleinerziehend“, sagt Simone schulterzuckend, als würde das die Umstände ausreichend erklären.

Manchmal vergesse ich wirklich, dass es nicht allen Menschen so gut geht, wie bei uns auf dem Dorf. Natürlich gibt es auch in Niederhaibach alleinerziehende Mütter. Doch die sind meistens bei ihren Eltern untergekommen, die ein großzügiges Haus besitzen, oder ein Bekannter im Ort stellt ihnen eine kostengünstige Unterkunft zur Verfügung. Ich kann mir nicht vorstellen wie es sein muss, ein Kind ganz alleine in der Stadt aufzuziehen, in der vermutlich sehr viel Anonymität herrscht.

Nicht umsonst sagt man bei uns:

„Um ein Kind zu erziehen braucht es ein ganzes Dorf.“

8. Kapitel

19. September, vormittags halb zehn in Straubing

Jetzt warten wir schon eine halbe Stunde, doch von der Mutter fehlt jede Spur. Simone hat sie schon angerufen und die Frau hat das Gespräch auch angenommen. Angeblich hatte sie noch einen Arzttermin und verspätet sich daher ein paar Minuten. Aus den paar Minuten ist jetzt aber schon eine halbe Stunde geworden und langsam werde ich wirklich ungeduldig.

„Wenn sie jetzt nicht gleich kommt, dann laden wir sie vor", knurrt Hansi, dessen Geduld offensichtlich ebenfalls auf dem Tiefpunkt angekommen ist.

Als sich eine Frau, geschätzt Mitte bis Ende dreißig dem Haus nähert, habe ich die Hoffnung, dass es sich um unsere Dame handelt. Tatsächlich kommt sie auf uns zu und winkt auch schon von weitem.

„Es tut mir leid, dass ich zu spät bin", ruft sie uns zu.

Nicht, dass die Frau uns schon kennen würde, aber außer uns steht hier niemand genervt wartend rum. Daher war es der Frau wohl klar, dass wir es sind, die auf sie warten.

„Frau Winterfeld?“, fragt Simone mit deutlich genervtem Unterton in der Stimme.

„Ja, wir sind verabredet“, sagt sie.

Dafür, dass gerade der Vater ihres Kindes ermordet wurde, ist sie erstaunlich gutgelaunt. Von Trauer gibt es keine Spur. Natürlich haben die beiden wohl seit mehreren Jahren nicht mehr viel miteinander zu tun. So wie es sich angehört hat, war das Kind das Ergebnis eines One-Night-Stands. Dennoch kommt es mir etwas komisch vor, dass es beinahe so aussieht, als würde sie der Tod von Herrn Kramer gar freuen.

„Kommen Sie doch mit herein!“.

Wir folgen der Frau in den Wohnblock und betreten einen wirklich sehr heruntergekommenen Lift. Als Frau Winterfeld auf den Knopf des fünften Stocks drückt, schließen sich kurz darauf die Aufzugtüren. Als wir auf dem Stockwerk ankommen, betreten wir einen Flur, der auch nicht wirklich angenehmer aussieht. Es scheint, als wäre hier seit vielen Jahren nichts gemacht worden.

Sie führt uns in ihre Wohnung. Hier ist es überraschend gemütlich. Die Frau scheint es geschafft zu haben, mit geringen Mitteln das Beste aus der Wohnung herauszuholen.

„Möchten Sie etwas trinken?“, fragt sie, nachdem sie uns einen Platz auf ihrem Sofa angeboten hat.

Dankend lehnen wir ab.

„Wir haben ja schon am Telefon besprochen, dass es um den Vater Ihrer Tochter geht“, erklärt Simone ihr.

„Ja, ich habe es schon gehört. Ganz schrecklich“, sagt sie seufzend, wobei ich ihr die Bestürzung nicht wirklich abnehme.

„Wie hat es denn Ihre Tochter aufgenommen?“, hake ich nach.

„Ich habe es ihr noch gar nicht gesagt“, gesteht sie schließlich.

Überrascht wechsle ich einen Blick mit Simone und Hansi.

„Gibt es dafür einen Grund?“, fragt Hansi.

Immerhin ist es sehr ungewöhnlich, dass die Mutter ihrer dreizehnjährigen Tochter noch nichts von dem Tod des Vaters erzählt hat. Es wäre doch schrecklich für das Mädchen, wenn sie in der Schule von anderen davon erfahren würde. Wie kann die Mutter das nur riskieren?

„Ich wollte mit ihr heute Nachmittag in Ruhe reden“, antwortet sie. „Bisher habe ich noch nicht die richtigen Worte gefunden.“

„Da kann man nur hoffen, dass die Kleine es nicht über Dritte erfährt“, murmelt Simone und spricht mir dabei aus der Seele.

„Dann müsste ich das zumindest nicht tun“, flüstert sie leise.

Ich kann nicht glauben, was die Mutter da von sich gibt. Wie kann man seinem Kind einer solchen Situation ausliefern?

„Wie war denn Ihr Verhältnis zu Herrn Kramer?“, fragt Simone schließlich, und sieht dabei aus, als möchte sie nicht länger mit der Frau über den Umgang mit ihrer Tochter in dieser speziellen Situation reden.

„Wir hatten vor fast vierzehn Jahren mal was miteinander. Allerdings verbindet uns absolut nichts, mal von unserer Tochter abgesehen“, antwortet sie.

„Gab es denn Probleme, eventuell in finanzieller Hinsicht, zwischen Ihnen?“, hake ich nach.

Sie schüttelt den Kopf.

„Helmut hat immer die Alimente bezahlt. Da konnte ich mich nie beschweren“, antwortet sie.

„Wissen Sie, ob Herr Kramer sonst mit jemandem Streit hatte?“, fragt Hansi.

Frau Winterfeld schüttelt den Kopf.

„Können Sie sich vorstellen, wer den Tod von Herrn Kramer wollte?“

Auch diese Frage verneint Frau Winterfeld.

„Allerdings hatte ich auch weder mit Helmut, noch mit seinen Freunden Kontakt“, gesteht sie.

„Aber um seine Tochter hat Herr Kramer sich doch schon gekümmert oder?“

Bei meiner Frage nickt Frau Winterfeld.

„Er hat jedes zweite Wochenende mit ihr verbracht“, antwortet sie. „Meine Tochter hat die Zeit auch gerne mit ihrem Vater verbracht, weshalb es mir ja auch so schwerfällt, ihr von seinem Tod zu erzählen.“

„Hat denn Ihre Tochter mal etwas erzählt, dass ihr Vater mit jemandem Streit hatte oder es sonst irgendwelche Probleme gab?“, fragt Simone weiter.

„Nein, das hätte sie mir erzählt.“

Frau Winterfeld runzelt die Stirn.

„Aber jetzt fällt mir gerade noch etwas ein“, murmelt sie plötzlich nachdenklich. „Als Helmut unsere Tochter vor etwa zwei Wochen abgeholt hat, erwähnte er, dass ihm ein Autofahrer die Vorfahrt genommen hatte und er einen Unfall gerade noch verhindern konnte. Mit dem hatte er dann wohl auch eine kleine Auseinandersetzung.“

„Sie wissen nicht zufällig, wie der beinahe-Unfallgegner hieß?“

„Nein, keine Ahnung. Er machte auch kein großes Ding draus, sondern hat es nur nebenbei erwähnt, während er wartete, weil unsere Tochter noch etwas aus dem Kinderzimmer holte.“

„Vielleicht hat er ja erwähnt, um welche Autofarbe oder Automarke es sich handelte?“, hake ich hoffnungsvoll nach.

Erneut schüttelt sie entschuldigend den Kopf.

„So ins Detail ist das Gespräch nicht gegangen. Es war mehr oder weniger ein erzwungenes Gespräch, um das unangenehme Schweigen zwischen uns zu brechen“, erklärt sie.

„Also hatten Sie sich nicht viel zu sagen?“, hakt Simone nach.

„Nein, wirklich nicht“, antwortet sie entschlossen.

Wir befragen die Frau noch ein paar Minuten. Dabei erfahren wir jedoch nichts, was einen Hinweis auf den Täter liefern würde. Offensichtlich hatten die beiden tatsächlich nichts miteinander zu tun. Mal davon abgesehen, dass sie aufeinandergetroffen sind, wenn Herr Kramer seine Tochter abholte oder nach Hause brachte.

Wir verabschieden uns von der Frau, wobei Simone sich nicht verkneifen kann, Frau Winterfeld zu bitten, ihre Tochter so schnell wie möglich vom Tod ihres Vaters zu erzählen. Sie versichert uns dies noch heute nachzuholen. Im Gegenzug versprechen wir Frau Winterfeld, ihre Tochter nur zum Tod ihres Vaters zu befragen, wenn es absolut nötig ist.

9. Kapitel

19. September, mittags halb elf in Straubing

Gleich im Anschluss fahren wir weiter zur Arbeitsstelle des Opfers. Dabei handelt es sich um eine Gartenbaufirma und ich hoffe, dass wir mit der Befragung schnell durch sind.

Hansi lenkt das Auto auf den Parkplatz der Firma und mir ist schon klar, dass wir vermutlich nur einen geringen Teil der Kollegen hier antreffen werden. Immerhin handelt es sich um eine Gartenbaufirma und da arbeiten die Leute nun einmal auf Baustellen im Freien und nicht in der Firma. Aber zumindest der Chef sollte im Büro sein, es sei denn er arbeitet auch noch draußen mit.

Tatsächlich haben wir Glück und treffen den Firmeninhaber an. Er nimmt sich auch gleich Zeit für uns und bittet uns in sein Büro.

„Es geht um Ihren Angestellten, Herrn Kramer“, informieren wir ihn, nachdem wir uns vorgestellt haben.

„Ich habe schon von seinem schrecklichen Tod erfahren“, entgegnet er sichtlich bestürzt.

„Hatte Herr Kramer denn jeden Montag frei?“, frage ich den Vorgesetzten unseres Opfers.

Immerhin haben wir die Information erhalten, dass Herr Kramer jeden Montag um die gleiche Zeit seine Radtour gemacht hat. Normale Leute arbeiten ja montags um diese Zeit.

„Ja, Herr Kramer hatte eine vier-Tage-Woche“, antwortet der Mann.

„Ist das denn bei Ihnen normal, dass die Leute nur vier Tage die Woche arbeiten?“, frage ich irritiert.

Es ist mir unverständlich, warum ein junger Mann nur vier Tage die Woche arbeitet. Wie soll man denn auf vier Tage vierzig Stunden arbeiten?

Das würde ja bedeuten, man muss jeden Tag zehn Stunden arbeiten. Soweit ich weiß, ist das gar nicht erlaubt, oder zumindest sehr grenzwertig.

„Für alle, die das gerne möchten, bieten wir auch eine vier-Tage-Woche an. Um seine Arbeitnehmer zu halten, muss man als Chef mittlerweile flexibel sein“, erklärt er. „Work-Life-Balance ist für die Leute heutzutage sehr wichtig.“

„Dann arbeiten Ihre Angestellten zehn Stunden täglich?“, frage ich ihn.

Er schüttelt den Kopf.

„Nein, meine Leute können sich aussuchen, wie viele Stunden sie wöchentlich arbeiten möchten. Herr Kramer hatte zum Beispiel eine vierunddreißig-Stunden-Woche und montags seinen freien Tag.“

„Gab es denn Probleme bei Herrn Kramer?“, fragt Simone den Mann.

„Sie meinen hier in der Arbeit?“, erwidert er.

Sie nickt ihm zu.

„Nein, er war ein angenehmer Angestellter und ich habe auch nicht mitbekommen, dass es in seinem Team oder mit den anderen Kollegen Unstimmigkeiten gab“, antwortet er. „Soweit ich weiß, hat er sich mit allen sehr gut verstanden und sie haben auch ab und an mal etwas privat unternommen.“

„Also kein Streit unter Kollegen?“, hakt Hansi nach.

„Nein, nicht dass ich wüsste“, sagt der Chef entschlossen.

Ich wechsle mit meinen Kollegen einen Blick und kann mir vorstellen, was sie sich gerade denken. Es gibt wohl keine Arbeit bei der immer alles nur Friedefreudeeierkuchen ist. Überall gibt es mal Unstimmigkeiten oder Auseinandersetzungen. Das bedeutet, der Chef lügt uns an, oder es handelt sich hier um eine absolute Ausnahmefirma.

„Dann gab es in dieser Firma noch nie Unstimmigkeiten?“, fragt Simone schließlich misstrauisch nach.

Der Firmeninhaber seufzt und zuckt mit den Schultern.

„Natürlich gab es schon einmal die ein oder andere Meinungsverschiedenheit, aber nie so, dass man es als Streit hätte bezeichnen können. Wir achten hier sehr darauf, dass immer alles angesprochen wird, was einem sauer aufstößt. Somit wollen wir verhindern, dass es überhaupt zu Streitigkeiten kommt.“

Ich bin mir nicht sicher, ob der Mann das einfach nur so dahinsagt, weil man das von einer guten Führungsperson erwartet, oder ob er wirklich in seiner Firma darauf achtet. Vielleicht war er auch einfach vor kurzem in einem Seminar für Führungspersonen, in dem man ihm das vorgebetet hat.

Können wir denn noch mit Ihren Angestellten reden?“, frage ich ihn.

„Natürlich, aber die befinden sich jetzt alle auf den Baustellen“, antwortet der Mann. „Heute gegen achtzehn Uhr müssten sie alle wieder eintrudeln.“

„Können Sie uns denn die Adressen der Baustellen geben, dann können wir gleich noch hinfahren?“, frage ich ihn. „Die werden sich ja alle im Umkreis befinden oder?“

„Ja, wir haben so viel Arbeit, dass ich keine Baustellen annehmen muss, die sich über zwanzig bis dreißig Kilometer entfernt befinden.“

Der Mann zückt seinen Kugelschreiber und notiert uns die Adressen auf einem Blatt Papier.

„Wie viele Baustellen haben Sie denn derzeit?“, frage ich ihn, als er schon bei der dritten Adresse angekommen ist.

„Wie haben vier Teams, zu je drei Mann“, antwortet er mir. „Da Herr Kramer ja nun nicht mehr ist, sind es bei der ersten Adresse nur noch zwei Mann.“

Nachdem uns der Chef alle Informationen gegeben hat, nach denen wir ihn gefragt haben, brechen wir zu der ersten Adresse auf. Dort befinden sich die zwei Kollegen, mit denen unser Opfer direkt zusammengearbeitet hat. Wenn einer der Kollegen etwas weiß, was uns in dem Fall behilflich sein könnte, dann ist die Chance bei den zweien wohl am größten.

Als wir bei der Adresse ankommen, ist einer der beiden gerade dabei mit der Schubkarre Sand auf dem Rasen zu verteilen, während sein Kollege auf eine weitere Schubkarre Sand schaufelt. Ich frage mich ja, was Sand im Rasen zu suchen hat, aber die Frage behalte ich lieber für mich, als dass ich mich wieder als völlig desinformiert enttarne.

Vermutlich hat es einen guten Grund, warum dies gemacht wird. Ich kenne es nur vom Fußball, denn dort wird auf den Plätzen auch regelmäßig Sand verteilt. Allerdings habe ich mich noch nie gefragt, warum dies wohl so ist. Aber irgendeinen Grund wird es dafür schon geben.

„Servus, können wir uns mal kurz mit euch unterhalten?“, fragt Hansi die beiden, während Simone ihnen ihren Dienstausweis unter die Nase hält.

„Natürlich, es geht sicherlich um den Helmut oder?“, erwidert der Ältere, der beiden Kollegen.

Der Jüngere stellt seine Schubkarre ab und wischt sich mit dem Handrücken den Schweiß von der Stirn. So eine Knochenarbeit an der frischen Luft ist zwar vermutlich gesund und hält einen fit, aber für mich wäre das nichts gewesen.

Derzeit werden ja die Temperaturen schon wieder erträglicher, aber wenn ich daran denke, im Hochsommer hier Erde und Sand schippen zu müssen, kann ich mir weitaus Schöneres vorstellen.

Bei unserer Befragung wirken die beiden aufrichtig und ich glaube ihnen auch, dass sie sich mit Herrn Kramer gut verstanden haben. Offensichtlich waren sie ein gut eingespieltes Team und haben schon seit über einem Jahr täglich zusammengearbeitet. Alle drei haben offensichtlich eine verkürzte Arbeitswoche und ich frage mich wirklich, wie man sich das in so jungen Jahren, wie es bei dem jungen Kollegen der Fall ist, leisten kann oder möchte.

Wenn ich zurückdenke, als ich in diesem Alter war, wäre ich niemals auf die Idee gekommen, weniger zu arbeiten. Gerade in dem Alter braucht man doch jeden Euro und möchte doch auch etwas zur Seite sparen. Ich hatte ja Pläne. Wollte ein Haus bauen, und eine Familie gründen. Zu meiner Zeit hat man sich keine Gedanken um die Work-Life-Balance gemacht. Den Begriff gab es gar nicht. Da hat man einfach seine vierzig Stunden gearbeitet und die ein oder andere Überstunde auch noch drangehängt.

Aber so ändern sich nun einmal die Zeiten.

10. Kapitel

19. September, mittags halb eins in Straubing

„Jetzt gehen wir aber erstmal was essen", schlage ich vor, denn mein Magen meldet sich schon mit einem lauten Knurren.

Wir haben bereits mit zwei der Teams gesprochen und alle bestätigen die Aussage des Firmeninhabers. Offensichtlich handelt es sich hier um eine absolute Ausnahmefirma, denn alle versichern, dass es weder Streit noch Missgunst unter den Kollegen oder mit dem Chef gibt. Auch das Verhältnis zu unserem Opfer bestätigen alle übereinstimmend als angenehm und gut.

Gerade als wir es uns in einem Biergarten gemütlich machen wollen, ziehen sich dicke schwarze Wolken über uns zusammen. Misstrauisch wirft Hansi einen Blick zum Himmel, während Simone ihr Handy zückt.

„Ich befürchte es wird gleich regnen", brummt Hansi.

„Wir sollten reingehen, meine App sagt, dass es gleich anfängt", stimmt Simone ihm zu.

„Du immer mit deiner App. Vertrau einem alten Wetterfrosch wie mir!", entgegne ich entschlossen und sehe nach oben. „Die Wolken ziehen nur vorbei. In ein paar Minuten scheint wieder die Sonne."

Simone zieht ihre rechte Augenbraue in die Stirn und sieht mich misstrauisch an. Offensichtlich traut sie ihrer App mehr als mir. Zumindest scheint sie nicht sehr von meinen Worten überzeugt zu sein.

„Wir können ja sicherheitshalber einfach reingehen", schlägt Hansi vor, der offensichtlich auch an meinen Wettervorhersagen zweifelt.

„Bei dem tollen Wetter gehen wir doch nicht rein. Endlich haben wir mal angenehme Temperaturen und keine unerträgliche Hitze und ihr wollt euch ins Gebäude setzen", protestiere ich.

„Also gut, wenn du meinst", gibt Hansi schließlich nach und setzt sich neben mich.

So wie es aussieht haben wir auch Simone überzeugt, denn sie lässt sich gegenüber von mir nieder.

„Aber wehe mir regnet es ins Essen!", sagt Hansi warnend.

Vielleicht sollte es mich beunruhigen, dass sich die anderen Gäste nach und nach verziehen und in die Gaststube flüchten. Offensichtlich besitzen sie alle diese komischen Apps, die nur Unwahrheiten verbreiten und die Leute in die Irre führen.

Wir bleiben standhaft, auch als die Kellnerin an unseren Tisch kommt, und uns darauf hinweist, dass in der Gaststube auch noch Plätze frei wären.

„Mein Kollege ist der festen Überzeugung, dass es nicht regnen wird“, erwidert Simone. „Daher möchten wir gerne draußen sitzen bleiben.“

„Wie ihr wollt“, murmelt die junge Frau schulterzuckend und nimmt unsere Bestellung auf.

„Ich nehme ein Wasser, das verwässert bei Regen nicht“, sagt Simone amüsiert.

Daraufhin werfe ich ihr einen tadelnden Blick zu, den sie schmunzelnd ignoriert.

Als ein paar Minuten später unsere Getränke kommen, haben sich die dunklen Wolken noch nicht verzogen. Vielmehr sind die vorhandenen noch dunkler geworden. Dennoch bin ich überzeugt davon, dass ich mit meiner Einschätzung richtig liege. Es dauert wohl einfach etwas länger, bis die Wolken verschwinden. So lange es trocken bleibt bin ich vollends zufrieden.

Auch als unser Essen an den Tisch kommt ist noch alles in Ordnung. Von Regen gibt es da keine Spur. Genauso wie ich es vorhergesagt habe. Hungrig greife ich nach meinem Besteck und schneide ein Stück von meinem Schnitzel ab. Es schmeckt wirklich köstlich und nicht nur das Schnitzel, sondern auch die Bratkartoffeln sind wirklich lecker. Hansi hat ebenfalls das Schnitzel bestellt, während sich Simone für das Tagesfischgericht entschieden hat.

Leider verlässt mich das Glück, noch bevor ich meinen Teller zur Hälfte geleert habe. Mit einem Mal öffnen sich die Tore des Himmels und es fängt ohne

Vorwarnung an zu schütten. Neben uns ist nur noch ein einziger Tisch besetzt. Das junge Paar hat allerdings nur etwas zu trinken vor sich stehen. Sie halten schnell ihre Hände über die Gläser und laufen ins Innere des Gebäudes.

„Ich habe ja gesagt, dass es gleich regnet", brummt Simone, während sie das Besteck in ihren Teller wirft und mit ihrem Glas und dem Teller ebenfalls ins Gebäudeinnere verschwindet.

Hansi wirft mir einen finsteren Blick zu, während er seinen Teller und das Glas ebenfalls versucht zu retten. Fluchend tue ich es meinen Kollegen gleich. Als wir schließlich im Schutz des Gebäudes in der Gaststube unterkommen, setzen wir uns an einen freien Tisch in der Mitte. Belustigte Blicke sind uns dabei gewiss.

Als ich meinen Teller auf dem Tisch abstelle und mich auf den Stuhl setze, sieht Hansi mich mit zusammengekniffenen Augen vorwurfsvoll an.

„Es regnet ganz bestimmt nicht", äfft er mich nach. „Vertraut mir, ich bin ein alter Wetterfrosch."

„Ich kann jetzt auch nichts dafür, dass sich das Wetter plötzlich gedreht hat", verteidige ich mich.

„Plötzlich gedreht", lacht Hansi freudlos aus. „Es war ein Wunder, dass es so lange gehalten hat."

„Ist ja nicht so schlimm, wir sind ja jetzt im Trockenen", versucht Simone die Situation zu beruhigen.

„Du redest dich da leicht. Immerhin isst du Fisch, bei dem ist es egal, wenn er ein bisschen Wasser abbekommt. Der fühlt sich im Wasser wohl“, brummt er. „Mein Schnitzel ist jetzt völlig durchgeweicht und auch die Bratkartoffeln sind kalt und lapprig.“

Leider muss ich ihm recht geben. Dem Schnitzel mit Bratkartoffeln hat der Regen tatsächlich nicht gutgetan. Dennoch muss er sich jetzt nicht so aufregen.

„Das bisschen Wasser wird dich nicht umbringen“, murmle ich.

Leider war es tatsächlich nicht nur ein bisschen Wasser. Es hat von einem Moment auf den anderen wie aus Eimern geschüttet. Wer hätte das auch schon ahnen können?

Die Stimmung ist natürlich dahin und von einem genussvollen Essen kann keine Rede mehr sein. Das Schnitzel ist kalt und feucht, dennoch esse ich es tapfer auf. Ich werde mir ganz sicher nicht die Blöße geben und davon etwas liegenlassen. Immerhin ist es meine Schuld, dass nicht nur unser Essen, sondern auch unsere Klamotten einiges abbekommen haben.

Wie kann man nur binnen so wenigen Sekunden so durchnässt sein?

Wer hätte ahnen können, dass es plötzlich so stark regnet?

Normalerweise fängt es erst an zu tröpfeln. Dann hätten wir massig Zeit gehabt noch alles ins Trockene zu retten. Den Rest unseres Essens verbringen wir ziemlich wortkarg. Hansi beißt ziemlich hoch und man sieht ihm deutlich an, dass es ihm so gar nicht mehr schmeckt. Natürlich würde ich es nie öffentlich zugeben, doch ich verstehe ihn. Mit Genuss hat das wirklich nichts mehr zu tun.

Simone hingegen lässt sich nichts anmerken. Sie isst tapfer ihren Teller leer, wobei es auch den Anschein hat, dass sie es noch mit Genuss isst. Vermutlich war ihre Essensauswahl heute die bessere Idee. Ich könnte mich in den Hintern beißen, dass ich so stur war. Hätte ich nur einfach den Mund gehalten, und wäre mit meinen Kollegen in die Gaststube gegangen, noch bevor wir überhaupt etwas bestellt haben.

11. Kapitel

19. September, nachmittags halb drei in Straubing

Wir sind auf dem Weg zurück ins Büro, nachdem wir alle Kollegen von Herrn Kramer befragt haben. Ihre Aussagen waren alle übereinstimmend. Außerdem hat keiner von den Kollegen einen Hinweis auf einen möglichen Täter. Es scheint als hätte Herr Kramer keine Feinde gehabt. Doch wer soll es dann gewesen sein?

Als wir im Revier ankommen, werden wir von einem älteren Kollegen erwartet. In meinem E-Mail-Postfach befindet sich eine Nachricht, die offensichtlich nicht nur ich, sondern auch Hansi und Simone erhalten haben. Wir sollen uns sofort nach dem Eintreffen bei dem älteren Kollegen melden. Daher ergreife ich den Hörer und wähle seine Nummer.

„Du hast Neuigkeiten für uns?", frage ich ihn, nach einer kurzen Begrüßung.

„Wir haben herausgefunden, dass Herr Kramer vor ein paar Wochen eine große Erbschaft gemacht hat", erzählt er mir umgehend.

„Wie groß?", hake ich nach.

„Er hat von einem Onkel zweihunderttausend Euro geerbt.“

Überrascht reiße ich meine Augen auf und kann mir einen erstaunten Laut nicht verkneifen. Hansi und Simone sehen neugierig zu mir. Erst jetzt fällt mir auf, dass ich vergessen habe, den Lautsprecher anzumachen. Vielleicht sollte ich die Telefonate künftig wieder Simone überlassen. Die vergisst das nie und somit können wir immer mithören.

„Unser Opfer hat vor kurzem zweihunderttausend Euro geerbt“, informiere ich meine beiden Kollegen, bevor ich den Lautsprecherknopf drücke.

„Okay, das könnte natürlich etwas mit dem Mord zu tun haben“, murmelt Simone nachdenklich.

„Vielleicht hat die Erbschaft etwas mit dem Mord zu tun“, sagt Hansi nachdenklich.

„Der Einzige, der dadurch ein Motiv hätte, wäre dann wohl derjenige, der unser Opfer beerbt“, erwidert Simone.

„Das wäre dann ja wohl die dreizehnjährige Tochter“, sage ich nach kurzem Nachdenken.

„Eine Dreizehnjährige hat ganz sicher den Mord nicht begangen“, erwidert Simone.

„Vielleicht nicht die Tochter, aber die Mutter hätte doch als gesetzlicher Vormund die Gewalt über das Geld, bis das Kind volljährig ist“, wirft der Kollege am anderen Ende des Telefons ein.

„Wurde das Geld denn schon ausgezahlt?“, hake ich nach.

„Vom Onkel an Herrn Kramer schon. Das war vor zwei Wochen. Die Tochter und ihre Mutter wurden allerdings noch nicht über ihre Erbschaft informiert", erklärt der Kollege.

Ich bedanke mich für die Information und verabschiede mich von dem Kollegen. Anschließend lege ich den Hörer auf und seufze.

„Wir sollten nochmal mit Frau Winterfeld reden", schlägt Simone vor. „Wenn sie von der Erbschaft wusste, dann war ihr auch klar, dass ihre Tochter das Geld erben würde, sollte Herrn Kramer etwas zustoßen."

„Das wäre definitiv ein Motiv. Wir müssen rausfinden ob sie davon wusste", brummt Hansi.

„Dann fahren wir doch nochmal zu ihr", schlägt Simone vor und ergreift den Hörer, um sie anzurufen.

Das Gespräch dauert nicht sonderlich lange, bevor Simone es wieder beendet.

„Sie ist heute Abend bei einer Tanzaufführung ihrer Tochter", erklärt uns Simone. „Ich habe jetzt mit ihr ausgemacht, dass wir morgen Vormittag nochmal bei ihr vorbeischauen."

„Aber mal ehrlich, traut ihr der Frau diesen Mord wirklich zu?", frage ich irritiert.

Irgendwie kann ich nicht glauben, dass Frau Winterfeld diesen Schuss abgefeuert hat.

„Wir müssen ja herausfinden können, ob sie zu so einem Schuss überhaupt fähig ist", sagt Simone, bevor sie anfängt auf ihrer Tastatur zu tippen.

Es dauert nicht lange, bevor sie eine Antwort auf diese Frage hat.

„Sie ist jedenfalls in keinem Schützenverein gemeldet. Auch über Waffen in ihrem Besitz gibt es keine Eintragungen“, erklärt Simone.

„Das bedeutet dann wohl, dass die Frau ganz sicher nicht den Schuss abgefeuert hat“, sagt Hansi.

„Was natürlich nicht bedeutet, dass sie jemanden beauftragt haben könnte“, werfe ich ein.

„Das wäre aber doch etwas weit hergeholt“, murmelt Simone zweifelnd.

„Ich kann es mir eigentlich auch nicht vorstellen“, stimme ich ihr zu.

„Wir fühlen ihr morgen einfach auf den Zahn. Wenn sie von der Erbschaft wusste, dann werden wir das schon herausfinden“, sagt Hansi überzeugt von unserer Menschenkenntnis.

Allerdings sieht man einer jungen Mutter sicherlich gleich an, wenn sie lügen würde. Immerhin gehe ich nicht davon aus, dass es sich bei ihr um eine geübte Straftäterin handelt. Außerdem hat sie bei der letzten Befragung wirklich sehr nett gewirkt und offensichtlich gab es zwischen ihr und dem Opfer kein böses Blut.

Selbst wenn sie von der Erbschaft erfahren hätte, kann man nicht gleich davon ausgehen, dass sie dem Vater ihres Kindes ans Leder wollte. Immerhin nimmt man dem Kind doch nicht den Vater, nur weil man dann vielleicht ein paar Euro erben würde. Natürlich sind zweihunderttausend eine Menge Geld, das ist keine Frage. Aber nicht jeder mordet für Geld.

„Ich muss mich dann mal für heute verabschieden", sage ich zu meinen Kollegen und verziehe das Gesicht.

„Hast du noch was vor?", hakt Hansi neugierig nach.

„Ja, leider", brumme ich.

„Was steht denn an?", fragt nun Simone nach.

„Heute findet bei uns in der Kirche ein Konzert statt und da möchte meine Frau mit mir hin", erzähle ich.

Natürlich bin ich davon nicht begeistert, denn es handelt sich dabei um eine langweilige Veranstaltung auf die ich gerne verzichtet hätte. Noch nicht einmal etwas zu essen oder trinken wird dort angeboten. Das bedeutet, dass ich ohne Verpflegung und mit ausgetrockneter Kehle in der Kirche ausharren muss.

Noch dazu habe ich keine Ahnung, wie lange es dauern wird. Vermutlich ist das nicht auf eine Stunde erledigt. Da kann ich mir wahrlich etwas Schöneres vorstellen, aber Rosi lässt da nicht mit sich reden. Für sie ist es eine Pflichtveranstaltung.

„Dann wünschen wir dir viel Spaß", ruft Simone gutgelaunt.

„Den werde ich haben", murmle ich zynisch und verlasse das Büro.

Auf dem Heimweg halte ich noch kurz bei der Bäckerei an und kaufe zwei Stück Obstschnitten, um meine Rosi damit zu überraschen. Vielleicht lässt sie sich ja doch noch bestechen und wir lassen das Konzert ausfallen. Womöglich geht sie auch einfach alleine mit ihren Freundinnen hin. Leider befürchte ich, dass ich nicht so viel Glück haben werde.

Als ich kurz darauf mit den Kuchenstücken zu Hause auftauche, ist meine Frau überrascht. Sie ist es nicht gewohnt, dass ich sie mit Kuchen überrasche. Es dauert aber nicht lange, bis sie meine Absichten durchschaut.

„Falls du glaubst, du könntest dich mit einem Stück Kuchen freikaufen und dem Konzert entkommen, dann hast du dich aber geschnitten“, sagt sie vorwurfsvoll.

Ich stoße seufzend den Atem aus.

„Dann bist du so gar nicht für Bestechung empfänglich?“, hake ich nach.

„Absolut nicht“, bleibt sie standhaft. „Aber keine Sorge, du bist nicht alleine. Xaver und Richard müssen auch mit. Ich habe die beiden Frauen heute auf dem Friedhof getroffen. Wir waren uns einig, dass man solche Angebote annehmen muss. Immerhin haben die Musiker ihre Freizeit geopfert, um für dieses Konzert zu üben.“

Ich seufze und zucke die Schultern.

„Ich habe schon befürchtet, dass du dich nicht erweichen lässt.“

„Aber den Kuchen mag ich trotzdem“, sagt sie vergnügt und nimmt die Bäckertüte an sich.

12. Kapitel

19. September, abends halb sechs in Niederhaibach

„Warum müssen wir eigentlich schon so früh in der Kirche sein?“, frage ich genervt, als wir schließlich in einer der vordersten Bänke Platz genommen haben.

Wir sind natürlich einer der ersten und es sind lediglich die ersten drei Bankreihen besetzt. Kein Wunder, immerhin geht das Konzert erst in einer Stunde los. Wer setzt sich schon freiwillig eine Stunde vor Beginn auf den Platz und wartet ohne Essen und Trinken?

„Weil wir später nur noch hinten einen Platz bekommen hätten“, flüstert sie mir mit einem tadelnden Blick zu.

Seufzend lehne ich mich zurück und harre der Dinge die da kommen. Ich lasse meinen Blick über die ersten Bankreihen schweifen, auf der Suche nach so armen Trotteln, wie ich es bin. Es dauert nicht lange, bis ich schließlich fündig werde.

In der zweiten Reihe auf der anderen Seite erblicke ich den Leitner Xaver. Der arme Kerl teilt offenbar mein Schicksal. Auch er sitzt mit gelangweilter Miene in der Bank und wirkt nicht sonderlich erfreut.

Tatsächlich bin ich wohl nicht der Einzige, der nicht freiwillig diesem Konzert beiwohnen wird.

Als ich meinen Kopf noch weiterdrehe, sehe ich noch zwei Leidgenossen, von denen ich mit ziemlicher Sicherheit weiß, dass ihr Erscheinen lediglich der Erpressung ihrer Frauen geschuldet ist. Keiner von ihnen würde freiwillig eine Stunde vor Konzertbeginn hier Platz nehmen. Mal davon abgesehen, dass keiner von ihnen überhaupt Interesse an diesem Konzert hätte.

Vermutlich hat der Pfarrer auch seine Finger im Spiel. Er hat beim letzten Treffen des Frauenbundes im Pfarrheim sicherlich auch vorbeigeschaut und die Damen zu dem Konzert persönlich eingeladen.

Alle wissen ja was das bedeutet. Eine Einladung des Pfarrers kommt einem direkten Befehl von oben gleich, dem jede gläubige Christin Folge leistet. Es ist kein Geheimnis, dass diese auch angehalten werden, ihre Ehemänner auf den rechten Weg der Tugend zu führen, indem sie diese mit mehr oder weniger krimineller Energie zur Gefolgschaft überreden.

Auch meine Rosi ist da keine Ausnahme, obwohl sie sich durch den örtlichen Pfarrer bei weitem nicht so sehr beeinflussen lässt, wie so manch andere Dorfbewohnerin. Die Kirche jammert ja in letzter Zeit immer, weil ihnen angeblich die Schäfchen reihenweise davonlaufen. In Niederhaibach ist dies sicherlich nicht der Fall und ich kann mir auch nicht vorstellen, dass dies in anderen ländlichen Dörfern in

Bayern ein großes Problem ist. Hier wird man regelrecht in die kirchliche Gemeinschaft hineingeboren.

Die Erfindung der Taufe, noch bevor ein Mensch überhaupt Einwände vorbringen kann, war wirklich ein grandioser Schachzug der Kirchenoberhäupter. Als mein Sohn damals seine Ausbildung gestartet hat und ich ihn darauf vorbereitet habe, dass spätestens mit Ende der Ausbildung, bei vollem Verdienst die Kirchensteuer fällig wird, hat er mich gefragt, wann er denn dem Eintritt zugestimmt hätte.

Mit großen Augen sah er mich damals an, während er offensichtlich angestrengt darüber nachdachte, wann er dieser Gemeinschaft zustimmte. Als ich ihm erklärte, dass wir dies gleich nach seiner Geburt für ihn übernommen hatten, konnte ich ihm für seine Antwort nicht einmal böse sein.

„Dann solltest du auch meine Kirchensteuer bezahlen", sagte er in seinem jugendlichen Alter und ich konnte mir daraufhin ein Lachen nicht verkneifen.

Irgendwo hatte er ja recht. Acht Prozent von der Lohnsteuer abtreten, nur weil die Eltern bei der Geburt seine Religionszugehörigkeit entschieden haben, hat nicht wirklich viel mit freier Entscheidung zu tun.

Es wundert mich daher nicht großartig, dass unser Sohn ein paar Jahre später aus der Kirche ausgetreten ist. Allerdings sind seine Frau und unsere Enkelin sehr wohl noch bei der Kirchengemeinde. Immerhin möchte man dem Kind ja im beschaulichen Bayern die Teilnahme an der heiligen Kommunion nicht verweigern.

Außerdem arbeitet unsere Schwiegertochter nur Teilzeit und die Höhe der Kirchensteuer hält sich daher in Grenzen. Man kann sich darüber streiten, ob dies nun ethnisch korrekt ist. Meine Frau hatte sich über den Austritt unseres Sohnes aus der Kirche damals fürchterlich aufgeregt. Ich bin ja der Meinung, dass sollte jeder so halten, wie er es für richtig hält.

Außerdem habe ich im Laufe meines Lebens genug Kirchensteuer bezahlt. Zudem finde ich es ja schon verwerflich, dass eine Religion mit der Abgabe einer Steuer gekoppelt ist. Aber es ist eben wie überall auf der Welt. Letztendlich geht es doch nur ums Geld.

Als ich gedankenverloren zu Xaver sehe, wendet er plötzlich seinen Kopf und unsere Blicke treffen sich. Kaum merklich nickt er mir zu, was ich mit einem bedauernden Ausdruck erwidere. Wie heißt das Sprichwort so schön. Geteiltes Leid ist halbes Leid und wir beide leiden in diesem Moment wirklich sehr.

Als das Konzert endlich beendet ist, strömen die Menschen alle gleichzeitig aus der Kirche. Nicht nur, dass wir zuvor ewig gewartet haben, um in den ersten Reihen einen Platz zu bekommen, jetzt sind wir aus diesem Grund natürlich auch die Letzten, die die Kirche verlassen können.

Im Gedränge des Kirchengangs treffe ich auf Xaver, der mir einen erleichterten Blick zuwirft.

„Jetzt aber noch ein Bier beim Wirt oder?“, flüstert er mir zu.

Ich nicke zustimmend.

Plötzlich höre ich Richards Stimme hinter mir, der wohl ebenfalls zu dem Konzert genötigt wurde.

„Nicht nur eins“, flüstert er uns von hinten zu.

„Dann sind wir uns ja einig“, sage ich schmunzelnd und ignoriere den tadelnden Blick meiner Frau.

Natürlich weiß ich, dass man in der Kirche leise ist und nur im Flüsterton miteinander sprechen sollte. Doch im Moment findet ja keine Messe statt und außerdem waren wir für unsere Begriffe sowieso recht leise. Wenn ich noch leiser geredet hätte, hätten meine Freunde mich nicht verstanden.

Kurz darauf verlassen wir die Gruppe und sofort stelle ich mich mit Xaver und Richard zusammen. Es dauert nicht lange, bevor sich unsere Gruppe um zwei weitere männliche Dorfbewohner vergrößert. Auch sie wurden wohl gezwungen diesem Gefiedel zu lauschen und haben zuvor mitbekommen, dass wir uns noch auf einen Absacker beim Wirt treffen.

Unsere Frauen bilden ebenfalls eine Gruppe und ich bin ziemlich sicher, dass die ein oder andere es nicht gutheißt, dass wir Männer noch einen Boxenstopp beim Wirt einlegen wollen. Genau aus diesem Grund ist eine Gruppenbildung ja so wichtig.

Meine Frau zum Beispiel ist bei Wirtshausbesuchen relativ nachsichtig und solange ich mich nicht direkt wegschieße und den Weg nach Hause nicht mehr finde, hält sie sich auch mit Schimpftriaden zurück.

Auch Xavers Frau lässt ihm die ein oder andere Freude, auch wenn sie nicht ganz so nachsichtig ist, wie meine Rosi. Das kann natürlich auch daran liegen, dass Xaver es doch recht oft übertreibt und mit einem Fetzenrausch nach Hause kommt.

Doch dann ist da noch die Dorfratschen höchstpersönlich. Ihr Mann ist wirklich eine arme Sau und wird an einer verdammt kurzen Leine gehalten. Daher ist es nicht verwunderlich, dass er sich uns gleich angeschlossen hat und fast schon im Laufschritt nach dem Konzertbesuch auf uns zukam. So hofft er wohl, dass ihm heute ein Wirtshausbesuch gestattet wird.

Es sieht ganz gut für ihn aus, denn seine Frau will sicherlich nicht die Einzige sein, die ihren Mann nach Hause jagt. Zumindest hoffe ich es für ihn, denn er ist wirklich nicht zu beneiden. Andererseits hat ihn ja niemand gezwungen, die Bissgurke zu heiraten. Aber ihre Eltern hatten eben einen großen Hof, den sie auf die einzige Tochter nach der Hochzeit übergeben haben. Somit wurde der Ehemann auf einen Schlag vom armen Knecht zum Großbauern. Auch wenn er zu Hause nicht viel zu sagen hat. So muss jeder mit seinen getroffenen Entscheidungen leben.

13. Kapitel

20. September, morgens halb acht in Niederhaibach

Mit einem Hämmern in meinem Kopf schlage ich meine Lider auf. So wie es aussieht war das letzte Bier gestern Abend schlecht. Den Wirt sollte ich wohl auf Schmerzensgeld verklagen. Vielleicht liegt es auch einfach daran, dass ich zu viel getrunken habe.

Ich wollte ja schon eine Stunde früher nach Hause gehen, doch der Großbauer hat uns überredet noch ein Bier zu trinken. Aus einem weiteren wurden dann drei und heute habe ich den Salat. So ist es, wenn die armen Männer, die für gewöhnlich unter der kurzen Leine ihrer Frauen leiden, mal rauskommen. Dann wollen sie nicht mehr nach Hause gehen und schlagen über die Stränge. Dabei ziehen sie unsereins dann mit in den Tod.

Ich quäle mich aus dem Bett und hoffe, dass eine Dusche mir den Tag rettet. Schon beim Abtrocknen wird mir klar, dass dem nicht so ist. Meine Kopfschmerzen sind unerbittlich und halten auch noch an, nachdem ich mich abgetrocknet und angezogen habe. Das Anziehen der Socken wird zu einer wahren Herausforderung, denn als ich mich nach unten bücke, jagt ein stechender Schmerz durch meinen Kopf.

Kurz darauf gehe ich nach unten in die Küche, wo Rosi schon mit dem Frühstück fertig ist. Normalerweise verspüre ich um diese Zeit schon ein ausgeprägtes Hungergefühl, doch heute habe ich ein flaues Gefühl im Magen. Ich glaube, heute reicht mir eine Tasse Kaffee und eine trockene Scheibe Brot.

„Na, hast du deinen Rausch endlich ausgeschlafen?“, ruft Rosi, als ich die Küche betrete.

Die Lautstärke ihrer Stimme ist viel zu hoch und ich entlasse einen spitzen Schmerzensschrei.

„Bitte nicht so laut“, murmle ich und setze mich an den Tisch. „Kann ich eine Aspirin haben?“

„Wer Saufen kann, muss es auch aushalten“, erwidert sie gnadenlos.

Ich sehe sie ungläubig an.

Warum lässt sie mich so lange betteln?

Wo ist ihr Mitgefühl geblieben?

Als ich ihr einen flehenden Blick zuwerfe, stößt sie seufzend den Atem aus, bevor sie die Küchenschublade öffnet und eine Aspirin hervorzaubert. Sie füllt ein Glas mit Wasser und versenkt die Tablette darin, bevor sie mir das Glas reicht.

„Danke“, murmle ich und versuche mich an einem Lächeln.

Doch meine Kopfschmerzen sind fast unerträglich.

„Warum trinkst denn so viel, wenn du schon weißt, dass es dir am nächsten Tag immer so schlecht geht?“, fragt sie mich vorwurfsvoll.

„Ich wollte ja schon eher heim, aber die anderen haben mich überredet noch zu bleiben und dann ist es irgendwie aus dem Ruder gelaufen.“

„Natürlich sind die anderen schuld“, seufzt Rosi und schüttelt unverständlich den Kopf.

Jetzt könnte ich mich verteidigen, was letztendlich in einer Grundsatzdiskussion enden würde, für die ich im Moment wirklich keine Kraft habe. Natürlich bin ich letztendlich selbst schuld an meinem Zustand. Dennoch ist es in der Gruppe nicht so einfach zu widerstehen. Aber das jetzt meiner Frau zu erklären, ist einerseits zwecklos, andererseits im Moment auch viel zu anstrengend.

Schweigend reiße ich ein Stück von der Scheibe Vollkornbrot ab. Das Kauen ist auch nicht sonderlich förderlich für meinen Zustand. Nachdem ich den Bissen schon gefühlt eine viertel Stunde im Mund habe und meine Zähne mit den Körnern noch immer schwer beschäftigt sind, nehme ich einen Schluck aus meiner Kaffeetasse und spüle den Inhalt meines Mundes hinunter.

Von Genuss kann da keine Rede sein und nachdem ich noch zwei Bissen runtergezwängt habe, gebe ich schließlich auf. Ich verabschiede mich von meiner Frau und mache mich auf den Weg ins Revier.

„Kannst du überhaupt schon Autofahren?“, fragt sie mich vorwurfsvoll.

„So betrunken war ich jetzt auch wieder nicht“, entgegne ich seufzend.

Ich gebe es ja nur ungern zu, aber mit der schwindenden Jugend verträgt mein Körper Alkohol auch nicht mehr so gut. Früher steckte ich so einen kleinen Rausch mit links weg. Heute muss ich schon den Genuss von ein paar Bier am nächsten Tag büßen.

Als ich im Revier ankomme, sitzen Hansi und Simone schon im Büro und arbeiten. Ich betrete den Raum, nachdem ich mir aus der Küche noch eine Tasse Kaffee geholt habe. Vielleicht hilft ja genügend Kaffee, um mich wieder auf Kurs zu bringen und den verhassten Kater zu vertreiben.

Nach einer kurzen morgendlichen Begrüßung setze ich mich auf meinen Schreibtischstuhl. Es dauert nicht lange, bis mich Simone mit gerunzelter Stirn mustert.

„Geht es dir nicht gut?“, fragt sie mich.

„Ich habe schreckliche Kopfschmerzen und die Aspirin hilft auch nicht wirklich“, antworte ich ihr.

„Wirst du etwa krank?“, hakt sie besorgt nach.

Ich schüttle den Kopf und bereue dies sogleich.

„Das sieht mir eher nach einem Kater aus“, wirft Hansi amüsiert ein.

Er mustert mich ausgiebig und natürlich kennt er mich gut genug, um zu wissen, dass mein Zustand keinem Infekt geschuldet ist, sondern ich etwas zu tief ins Glas geschaut habe. Ich zucke mit der rechten Schulter und stimme auf diese Weise mehr oder weniger seiner Aussage zu.

„Musstest du nicht zu einem Konzert in der Kirche?", fragt Simone irritiert.

„Ja, warum?"

„Gab es da denn was zu trinken?"

„Nein, aber nach dem Konzert sind wir noch ins Wirtshaus gegangen", gestehe ich ihr. „Da ist es dann etwas ausgeartet."

„Du bist mit Rosi saufen gegangen?", hakt Hansi überrascht nach.

„Nein, nicht mit Rosi", erwidere ich. „Mit ein paar Freunden. Wir waren nach dem langen Konzert natürlich sehr durstig."

„Natürlich", schmunzelt Hansi.

„Und jetzt hast du einen Kater", stellt Simone belustigt fest.

„Einen ausgewachsenen", brumme ich. „Dabei habe ich gar nicht so viel getrunken."

„In deinem Alter steckt man das eben nicht mehr so gut weg", stichelt Hansi natürlich.

„Das habe ich auch schon gemerkt", knurre ich.

Für gewöhnlich würde ich ihm ja widersprechen und ihn dafür tadeln, dass er mich als alt bezeichnet. Doch im Moment kann ich das einfach nicht abstreiten. Tatsächlich war das früher nicht so schwer wegzustecken. Da bin ich morgens aufgestanden und ich hatte kaum Beschwerden. Zumindest nicht, wenn ich nicht mehr als gestern Abend getrunken hätte.

Da konnte ich schon weit mehr über die Stränge schlagen, bevor ich mich am nächsten Tag so beschissen fühlte. Aber es heißt ja nicht umsonst, im Alter wird nichts besser.

Ich nehme einen Schluck aus meiner Kaffeetasse und versuche die Kopfschmerzen zu ignorieren.

„Gibt es irgendwas Neues zu unserem Mordfall?“, frage ich die beiden.

Immerhin bin ich nicht hier, um mich bemitleiden zu lassen, sondern um zu arbeiten.

14. Kapitel

20. September, vormittags halb zehn in Straubing

Wir befinden uns auf dem Weg zum Wohnort der unehelichen Tochter, wo deren Mutter uns erwartet. Frau Winterfeld öffnet uns die Tür, noch bevor wir auf den Klingelknopf drücken. Offensichtlich hat sie uns bereits erwartet. Heute versetzt sie uns offenbar nicht.

Sie bietet uns sogar einen Kaffee an und irgendwie kommt sie mir heute ganz besonders freundlich vor. Fast so, als würde sie sich über unseren Besuch freuen. So würde sich doch eine Täterin niemals verhalten!

Offensichtlich irritiert das Verhalten der Frau auch meine beiden Kollegen. Sie sehen sich gegenseitig und mich nacheinander stirnrunzelnd an. Ich zucke kaum merklich die Schultern. Die ganze Situation wirkt für mich bizarr und ich kann nicht wirklich einschätzen, was da gerade vor sich geht.

Vielleicht steht die Frau ja auf Hansi und freut sich daher so über unseren Besuch. Allerdings macht es nicht den Anschein, als wolle sie mit ihm flirten. Irgendwie würde sie auch so gar nicht zu meinem griesgrämigen Kollegen passen. Viel zu jung ist sie auch für ihn.

„Wussten Sie eigentlich, dass Herr Kramer vor kurzem eine Erbschaft gemacht hat?“, fragt Simone die Frau, nachdem wir alle mit ihr am Tisch Platz genommen haben.

Überrascht runzelt sie die Stirn.

„Der Helmut hat geerbt?“, fragt sie sichtlich überrascht, was natürlich auch gespielt sein könnte. „Von wem denn? Seine Eltern leben doch noch.“

„Von einem kürzlich verstorbenen Onkel“, antwortet ihr Simone.

„Nein, davon hatte ich keine Ahnung. Allerdings hätte es mich auch gewundert, wenn er mir davon erzählt hätte. Immerhin hatten wir praktisch keinen Kontakt, wenn man mal von der Übergabe unserer Tochter absieht.“

„Vielleicht hat er ja Ihrer Tochter davon erzählt“, werfe ich ein, doch die Frau ignoriert mich.

Es hat den Eindruck, als hätte sie nur Augen für Simone. Sie lässt diese nicht aus dem Blick und ich glaube Simone ist das fast schon unangenehm. Ob die beiden sich kennen?

Sicher nicht, denn das hätte Simone sicherlich erwähnt.

„Nein, das hätte sie mir ganz sicher erzählt“, beantwortet die Mutter meine Frage, obwohl sie dabei den Blick nicht von Simone abwendet. „Wir haben keine Geheimnisse.“

Sie scheint überzeugt von dieser Aussage zu sein, denn sie sagt es mit stolz geschwellter Brust. Offensichtlich ist sie mächtig stolz auf das gute Verhältnis zu ihrer Tochter, auch wenn ich nicht sicher bin, ob diese das genauso sieht. Immerhin ist sie ein Teenager und ich kann mich noch ganz genau an die Probleme der Teenagerzeit unseres Sohnes erinnern.

Das war die Zeit in der wir Eltern ihm peinlich wurden und in der ich die Aussage nachvollziehen konnte, dass die Pubertät dafür gemacht ist, um die Abnabelung der Eltern von dem Kind zu erleichtern. Nach regelmäßigen Streitigkeiten und bis zum Zerreißen angespannten Nerven, war es tatsächlich leichter ihn in die Welt zu entlassen.

Ich dachte ja immer, das mit den Flügeln und Wurzeln wäre ein Ammenmärchen und wenn die Kinder noch klein und süß sind, kann man sich gar nicht vorstellen, dass man sie irgendwann tatsächlich in die eisig kalte Welt entlassen könnte, ohne die schützende Hand über sie zu halten. Das änderte sich schlagartig, als er in die Pubertät kam.

Anfangs war ich überzeugt, dass diese nicht lange anhält und wir ihn schon bändigen könnten. Diese Hoffnung gab ich jedoch ziemlich schnell auf. Irgendwann war ich richtig dankbar, dass er seine Pubertät vorwiegend in seinem abgedunkelten Zimmer verbrachte. Nur zum Essen kam er vor die

Tür und das oftmals lediglich um sich etwas aus dem Kühlschrank zu holen.

Da meine Frau immer auf ein gemeinsames Abendessen pochte, waren diese mit genervten und gelangweilten Mienen unseres Sohnes gepaart und ich war sehr oft kurz davor ihm einfach seinen Willen zu lassen. Wenn es nach mir gegangen wäre, hätte er seine Mahlzeit ruhig in seinem Zimmer zu sich nehmen können, bevor er uns regelmäßig den Abend verdarb. Meine Frau jedoch blieb standhaft und hat darauf bestanden gemeinsam zu essen.

Vermutlich war es im Nachhinein die richtige Entscheidung, doch in manchen Momenten zu der damaligen Zeit, zerrte das Verhalten unseres Sohnes schon gewaltig an meinem Nervenkostüm.

Mir wird klar, dass ich in meinem Gedanken abschweife und lenke meine Aufmerksamkeit zurück auf die junge Mutter.

„Dann haben Sie keine Ahnung, dass Ihre Tochter eine Erbschaft erwartet?“, hakt Simone nach.

Die Frau schüttelt den Kopf.

„Da hat mir noch keiner was gesagt“, erwidert sie kopfschüttelnd. „Um wie viel handelt es sich denn? Immerhin fällt jetzt der Unterhalt von Helmut weg und es ist wirklich teuer ein Kind aufzuziehen. Meine Kleine ist nun in einem Alter, in dem die Wünsche immer größer werden.“

Sie seufzt und wirkt dabei recht aufrichtig. Mir scheint, dass sie tatsächlich nichts von der Erbschaft wusste. Immerhin dachte sie bis eben, dass der Geldhahn mit dem Tod von Herrn Kramer nun versiegen würde. Da hat sie sich offensichtlich noch gar nicht informiert. Somit verpufft das Motiv dieser Frau mit einem Schlag.

„Die genauen Verhältnisse der Erbschaft müssen erst noch geklärt werden“, antwortet Simone ihr. „Da haben wir keine genauen Informationen.“

„Das wird sicherlich nicht viel sein“, sagt die junge Mutter abwinkend und schenkt Simone ein zuckersüßes Lächeln.

Ich habe beinahe den Eindruck, als würde die Frau mit meiner Kollegin flirten. Andererseits ist das doch wohl eher unwahrscheinlich. Immerhin hat sie ein Kind mit einem Mann. Also steht sie doch nicht auf Frauen. Oder doch?

In der heutigen Zeit kann man das ja nicht mehr so genau sagen. Da sind sich alle plötzlich gar nicht mehr so sicher, ob mit ihm oder ihr, oder gar beidem zusammen. Ich habe längst aufgehört das nachvollziehen zu wollen. Soll doch jeder treiben was und mit wem er möchte. Solange es auf Gegenseitigkeit beruht und alle Beteiligten volljährig und einverstanden sind, ist mir das vollkommen egal.

„Wann kommt denn Ihre Tochter aus der Schule?“, fragt Hansi.

„Erst kurz nach ein Uhr“, antwortet die Frau und sieht kurz zu Hansi, bevor sie ihre Aufmerksamkeit wieder auf Simone richtet.

Dabei sieht sie meine Kollegin etwas besorgt an.

„Was wollen Sie denn von ihr?“

„Wir müssen nur kurz mit ihr reden“, antwortet Simone mit beruhigender Stimme.

„Muss das denn sein?“, hakt sie nach. „Ich wollte meine Tochter eigentlich aus allem raushalten.“

„Keine Sorge, wir gehen bei der Befragung sehr einfühlsam vor und natürlich können Sie auch dabei sein“, erwidert Simone beruhigend.

„Sie haben ihr doch mittlerweile vom Tod ihres Vaters erzählt oder?“, frage ich sie und kann mir dabei einen vorwurfsvollen Unterton nicht verkneifen.

„Ja, sie weiß, dass ihr Vater gestorben ist. Nur die genauen Umstände kennt sie noch nicht und die möchte ich ihr auch nur im Beisein einer Psychologin erzählen. Immerhin kann der Mord am eigenen Vater in diesem Alter ein schweres Trauma auslösen.“

„Das ist wirklich eine gute Idee“, stimmt Simone ihr zu.

Offensichtlich ist Frau Winterfeld doch eine gute und verantwortungsvolle Mutter. Sie möchte ihre Tochter nur beschützen und hat ihr daher so spät vom Tod des Vaters erzählt. Dabei hätte ich sie beinahe schon fast dafür verurteilt. So kann man sich eben täuschen.

15. Kapitel

20. September, mittags halb zwölf in Straubing

Wir haben mit Frau Winterfeld vereinbart, dass sie vorerst mit ihrer Tochter ohne unser Beisein redet und sie fragt, ob ihr Vater etwas von der Erbschaft erzählt hat. Falls dem so ist, hat sie versichert uns sofort anzurufen.

Dass die Frau nichts von der Erbschaft wusste, hat sie glaubhaft versichert. Weder Simone, noch Hansi oder ich zweifeln an der Wahrheit ihrer Aussage. Vielleicht befinden wir uns ja völlig auf dem Holzweg und die Erbschaft hat gar nichts mit dem Mord zu tun.

Es bleibt uns wohl nichts anderes übrig, als in andere Richtungen zu ermitteln, denn die junge Mutter macht nicht den Anschein, als hätte sie etwas mit dem Tod unseres Opfers zu tun.

„Ist euch eigentlich aufgefallen, wie die Frau mich angeflirtet hat?“, fragt Simone, als wir in unserem Büro sitzen.

„Ich war ja sehr überrascht, als sie sich über unseren Besuch so offensichtlich gefreut hat. Dann dachte ich, sie hätte ein Auge auf Hansi geworfen.

Aber schon nach kurzer Zeit wurde klar, dass sie wohl eher auf dich scharf ist“, entgegne ich amüsiert.

„Aber die Frau hat doch ein Kind“, murmelt Hansi, der manchmal noch mehr in der Vergangenheit lebt, als ich.

„Und?“, erwidert Simone. „Denkst du das ist ein Grund, dass sie nicht auf Frauen stehen könnte?“

„Vielleicht hatte sie die Affäre mit unserem Opfer ja nur, weil sie schwanger werden wollte“, werfe ich nachdenklich ein.

„Du meinst, die Frau hat unser Opfer nur ausgenutzt?“

Bei Simones Gegenfrage zucke ich die Schulter.

„Könnte doch sein.“

„Selbst wenn, dadurch hätte sie kein Motiv ihn zu töten. Wahrscheinlicher wäre, dass er sich an ihr rächen wollte, wenn er erst jetzt von dem Hinterhalt erfahren hätte.“

Hansi hat mit seiner Aussage natürlich recht.

„Es sei denn es hat daraufhin einen schweren Streit zwischen den beiden gegeben und die Mutter hätte unserem Opfer gedroht, ihm den Umgang mit seinem Kind zu verwehren.“

Simone lässt sich meine Worte wohl genau durch den Kopf gehen, denn es dauert eine Weile, bevor sie den Kopf schüttelt.

„So einfach wäre das nicht. Immerhin war er der Vater und hat auch regelmäßig die Alimente bezahlt. Die Mutter hätte ihm den Umgang nicht einfach so untersagen können. Schon gar nicht, da die Tochter in dem Alter ja auch schon selbst ein Mitspracherecht hätte“, erwidert Simone.

„Es wäre nicht das erste Mal, dass eine Mutter ihr Kind dahingehend negativ beeinflussen würde“, brummt Hansi.

Obwohl er selbst keine Kinder hat, kennt er sich mit niederträchtigen Frauen aus. Schließlich ist er selbst an eine gekommen, die ihren eigenen Vorteil über ihre Beziehung gestellt hat. Daher ist Hansi im Umgang mit dem weiblichen Geschlecht eher zurückhaltend und vorsichtig, was ihm angesichts seiner Ex-Frau auch wirklich nicht zu verdenken ist.

„Wir sollten nochmal mit den Eltern von unserem Opfer sprechen. Vielleicht haben sie ja etwas mitbekommen, dass es Probleme zwischen ihrem Sohn und dessen Tochter, oder deren Mutter gegeben hat“, schlage ich vor.

„Lasst uns gleich noch hinfahren!“, sagt Simone. „Die beiden sind Rentner, mit etwas Glück treffen wir sie ohne Voranmeldung zu Hause an.“

„Können wir erst noch etwas Essen gehen?“, hake ich nach, denn langsam bessert sich mein Zustand und ein leichtes Hungergefühl macht sich in mir breit.

„Was haltet ihr davon, wenn wir erst zu den Eltern fahren und wenn wir diese nicht antreffen, gehen wir etwas Essen, bevor wir es erneut versuchen.“

Simones Vorschlag klingt logisch, dennoch wäre es mir lieber, zuerst etwas in meinen Magen zu bekommen. Allerdings stelle ich meine persönlichen Bedürfnisse hinten an. Die Arbeit geht nun mal vor und wenn ich Glück habe, sind die Eltern gerade nicht zu Hause. Perfekt wäre es, wenn sie in etwa einer Stunde heimkommen würde, damit wir sie nach einem ausgiebigen Essen befragen können.

Als wir kurz darauf an der Haustür der Eltern unseres Opfers klingeln, bleibt die Tür tatsächlich verschlossen. Es gibt offensichtlich doch einen Gott, der meine Bitte erhört hat, denn mittlerweile knurrt mein Magen gewaltig. Kein Wunder, habe ich heute zum Frühstück lediglich ein paar Bissen Brot zu mir genommen.

„Es ist offensichtlich keiner da“, stelle ich vergnügt fest.

„Dann gehen wir erst was essen“, stimmt Hansi mir gleich zu.

Ich bin hier wohl nicht der Einzige, der ein ausgeprägtes Hungergefühl verspürt. Aber wenn es ums Essen geht, dann kann ich mich für gewöhnlich immer auf meinen alten Kollegen verlassen.

„Hast du denn schon wieder Hunger?“, fragt mich Simone und mustert mich eingehend.

„Warum sollte ich denn keinen Hunger haben?“, erwidere ich stirnrunzelnd.

„Weil du heute Morgen noch wie das Leiden Christi ausgesehen hast“, erwidert sie schmunzelnd.

„Die Tablette hat offensichtlich doch noch ihre Wirkung gezeigt“, sage ich erleichtert.

Simone drückt erneut auf den Klingelknopf, als wolle sie noch nicht aufgeben und kann nicht glauben, dass wir hier vor verschlossener Tür stehen. Doch auch diesmal wird uns die Tür nicht geöffnet.

„Können wir jetzt?“, hake ich ungeduldig nach.

„Also gut“, seufzt Simone schließlich nachgiebig, wobei man ihr ansieht, dass sie unzufrieden mit dem zeitlichen Ablauf ist.

Sie hätte lieber zuerst die Befragung der Eltern durchgeführt. Bei Simone steht eben immer die Arbeit an erster Stelle. Das liegt aber sicher auch daran, dass sie als Frau nicht so viel Wert auf Essen legt. Männer sind da einfach anders.

„Wenn wir uns da drüben in das Cafe setzen, dann haben wir einen direkten Blick auf den Eingang des Hauses und sehen, wenn die Eltern nach Hause kommen“, schlägt Simone vor.

Tatsächlich bin ich von ihrem Vorschlag nicht sonderlich begeistert. Was allerdings nicht an der Lage des Cafes liegt, sondern vielmehr daran, dass ich die Speisekarte dort kenne und diese ist sehr übersichtlich, um nicht zu sagen, eher ungeeignet für den großen Hunger.

Es handelt sich bei dem Cafe um einen angesagten, modernen Laden, in dem sich vorwiegend junge Leute treffen.

Rosi hat mich schon einmal hierhergeschleppt und ich musste feststellen, dass hier sehr viel vegetarisch und vegan gekocht wird. Serviert wird das alles in Schüsseln und meine Frau war ganz begeistert darüber, dass in den Gerichten viel Gemüse und gesunde Kohlenhydrate verarbeiteten werden.

Was für meine Frau erstrebenswert ist, bedeutet für mich, dass die Küche für mich eher ungeeignet ist. Erst recht, wenn ich so großen Hunger habe. Dennoch kann ich nicht leugnen, dass Simones Vorschlag besser ist, als woanders hin zu gehen. Daher gebe ich mich geschlagen und folge ihr und Hansi zu dem Cafe gegenüber.

„Was sind denn Bowls?“, fragt Hansi, als er eine Weile in die Speisekarte geschaut hat.

„Mit Essen gefüllte Suppenschüsseln“, antworte ich und ernte dafür von Simone einen anerkennenden Blick.

„Woher weißt du das denn?“, fragt sie verwundert.

„Meine Rosi hat mich schon in diesen Laden geschleppt“, murmle ich.

Jeder der mich auch nur ein bisschen kennt, weiß anhand meiner Miene, dass der Besuch mir nicht sonderlich gefallen hat.

16. Kapitel

20. September, mittags halb zwei in Straubing

„Der Laden sieht mich definitiv nie mehr“, brummt Hansi, als wir mit dem Essen fertig sind.

Das überrascht mich jetzt nicht wirklich, denn in unseren Suppenschüsseln befand sich in erster Linie Gemüse, und Fleisch nur in mikroskopisch kleinen Mengen.

„Meine erste Wahl ist er auch nicht“, stimme ich ihm umgehend zu.

„Also ich fand es sehr lecker“, wirft Simone ein.

Hansi sieht sie mit hochgezogenen Augenbrauen ungläubig an. Bei seinem Anblick muss ich mir ein Lachen verkneifen. Er sieht sie an, als hätte sie gerade behauptet, ihr würde Schleifpapier schmecken.

Simone ignoriert Hansis Blick und verlässt die Terrasse des Cafes. Wir folgen ihr, denn gerade eben sind die Eltern unseres Opfers nach Hause gekommen. Kurz darauf klingeln wir erneut bei den Eltern und nun wird uns auch umgehend geöffnet.

Sofort bittet uns der Vater in die Wohnung. Seine Frau treffen wir in der Küche an. Dort setzt sie gerade Kaffee auf und fragt uns, ob wir ebenfalls welchen haben möchten. Sie wirkt noch immer sehr niedergeschlagen und als sie uns sieht erscheint ein Hoffnungsschimmer in ihren Augen.

„Haben Sie den Täter gefunden?“, fragt sie, ohne uns überhaupt zu begrüßen.

Natürlich ist es nachvollziehbar, dass die Mutter des Opfers so schnell wie möglich wissen möchte, wer ihren Sohn getötet hat. Auch wenn es einen Angehörigen nicht zurückbringt, so ist es für die Angehörigen wichtig zu wissen, dass der Mörder für seine Tat die gerechte Strafe erhält.

„Leider noch nicht, aber wir arbeiten daran“, erwidert Simone.

„Und warum sind Sie dann hier?“, murmelt die Mutter nun viel abweisender.

„Wir wollten Sie noch fragen, ob es möglich ist, dass Ihr Sohn in letzter Zeit Schwierigkeiten mit der Mutter seiner Tochter hatte“, erklärt ihnen Simone.

„Wir haben Ihnen doch schon gesagt, dass unser Sohn mit seiner Tochter ein inniges Verhältnis hatte. Sie hatten regelmäßigen Kontakt und die Kleine ist auch oft bei uns“, antwortet der Vater des Opfers. „Auch mit der Mutter gab es keine Probleme.“

„Es geht uns aber vielmehr darum, ob sich in der letzten Zeit etwas an dem Verhältnis geändert hat“, erkläre ich ihnen. „Hat Ihr Sohn etwas erfahren, das ihn vielleicht verletzt hat?“

Bei meiner Frage runzeln beide die Stirn und wechseln einen irritierten Blick.

„Was meinen Sie?“, fragt der Vater sichtlich ungeduldig.

„Wir haben einen anonymen Hinweis erhalten, dass Ihr Sohn vielleicht von der Mutter Ihrer Enkelin ausgenutzt wurde, weil sie sich ein Kind wünschte.“

Bei Simones Aussage zuckt die Mutter gleichgültig die Schultern.

„Das war uns schon bald nach Verkündung der Schwangerschaft bewusst“, antwortet sie, als wäre es das Alltäglichste der Welt.

„Sie hat es gegenüber Ihrem Sohn gleich zugegeben?“, frage ich überrascht.

„Zugegeben hat sie es natürlich nicht gleich. Aber Helmut hat erfahren, dass sie in einer Beziehung mit einer Frau war und da hat er sie zur Rede gestellt. Sie hat das auch gleich zugegeben“, erklärt der Vater.

„Und da war er überhaupt nicht sauer?“, hakt Hansi stirnrunzelnd nach.

„Natürlich war er sauer, aber nachdem die Kleine auf der Welt war, haben sie die Vereinbarung getroffen, dass sie sich das Sorgerecht teilen. Er wollte eine Beziehung zu seinem Kind aufbauen, egal unter welchen Umständen es entstanden ist“, erklärt die Mutter und immer, wenn sie ihre Enkelin erwähnt, leuchten ihre Augen.

„Außerdem ist das alles ewig her und war seither kein Thema mehr. Also darüber gab es ganz sicher kein Streitpotenzial“, versichert nun auch der Vater.

Das ist natürlich nachvollziehbar, wenn unser Opfer schon seit über zehn Jahren wusste, dass er nur als Samenspender für eine lesbische Frau fungierte. Nach so vielen Jahren wird er nicht plötzlich ein Problem mit diesem Umstand gehabt haben. Daher fällt auch dieser Umstand als Motiv weg.

„Langsam weiß ich echt nicht mehr, wie wir unseren Täter finden könnten“, sagt Simone, als wir uns auf dem Weg zurück ins Revier befinden.

„Also einen Streit zwischen unserem Opfer und der Mutter seiner Tochter können wir meiner Meinung nach ausschließen. Aber die Sache mir der Erbschaft ist für mich noch nicht vom Tisch. Das sind mir zu viele Zufälle auf einmal“, murmle ich nachdenklich.

„Jetzt warten wir mal ab, was die Tochter von unserem Opfer sagt“, schlägt Simone vor. „Ihre Mutter müsste uns ja bald anrufen, immerhin ist die Schule schon zu Ende.“

„Aber glauben wir ihr denn wirklich, wenn sie behauptet ihre Tochter hätte auch nichts von der Erbschaft gewusst?“, frage ich misstrauisch.

Natürlich wirkt Frau Winterfeld aufrichtig und ehrlich, aber das könnte auch nur aufgesetzt sein. Vielleicht möchte sie uns ja nur auf eine falsche Spur führen und in Wahrheit ist sie doch für den Mord verantwortlich. Auch wenn ich nicht glaube, dass sie ihn selbst ausgeführt hat, könnte sie doch den Auftrag erteilt haben.

Als ob sie uns hätte hören können, ruft die Frau genau in diesem Moment bei Simone an.

„Das ist sie“, informiert uns Simone, bevor sie das Gespräch annimmt.

Freundlich wird sie von Simone begrüßt und ich kann in ihren Augen sehen, dass ihre Freundlichkeit zu einem gewissen Maß einem bestimmten Zweck dient. Nämlich jenen, Frau Winterfeld einzulullen und sie dazu zu bringen, sich ihr anzuvertrauen. Falls es überhaupt etwas gibt, dass sie uns anvertrauen könnte.

„Dann müssen wir auf jeden Fall noch mit Ihrer Tochter reden“, sagt Simone und sieht uns dabei mit hochgezogenen Augenbrauen an.

Offensichtlich gibt es da doch etwas, das die Kleine zur Aufklärung am Mord ihres Vaters beitragen könnte. Simone vereinbart mit der jungen Mutter, dass wir gleich nochmal bei ihnen vorbeikommen und nickt uns auffordernd zu, als sie das Gespräch beendet hat.

„Herr Kramer hat seiner Tochter sehr wohl von der Erbschaft erzählt“, sagt Simone verschwörerisch.

„Dann hat aber doch sicher die Tochter auch ihrer Mutter davon erzählt“, brummt Hansi.

„Diese streitet das vehement ab“, entgegnet Simone. „Gerade eben hat sie wieder betont, dass sie von der Erbschaft keine Ahnung hatte.“

„Die kann doch sagen was sie will“, knurrt Hansi. „Ich glaube ihr kein Wort.“

„Komisch ist das ja schon. Immerhin hat die junge Mutter zuvor noch versichert, dass ihre Tochter vor ihr keine Geheimnisse hätte.“

„Vielleicht hat Herr Kramer ja seiner Tochter das Versprechen abgenommen, dass sie niemandem etwas davon erzählen dürfte“, wirft Simone ein.

Offensichtlich hält sie an der Unschuld von Frau Winterfeld fest. Vermutlich hat ihr diese Frau mit ihren Avancen ein kleines bisschen den Kopf verdreht.

„Aber wenn die Kleine wirklich niemanden etwas davon erzählt hat, dann hat ja auch niemand ein Motiv für den Mord“, erwidere ich. „Und die Tochter mit ihren dreizehn Jahren wird es ja wohl nicht gewesen sein.“

„Das ist eher unwahrscheinlich“, stimmt Hansi mir zu, während Simone mit der rechten Schulter zuckt.

Irgendwie wirkt die ganze Sache etwas verworren und undurchsichtig, aber wir werden schon noch Licht ins Dunkel bringen.

17. Kapitel

20. September, nachmittags halb drei in Straubing

Wir sitzen mit der Tochter und deren Mutter im Wohnzimmer ihrer Wohnung und hören uns die Geschichte des Kindes an.

„Erzähle den Leuten von der Polizei doch bitte, was dein Vater dir über die Erbschaft erzählt hat!“, fordert ihre Mutter sie auf.

„Papa hat mir erzählt, dass er jetzt dann genügend Geld hätte, um mit mir schön in den Urlaub zu fahren. Er hat mir auch versprochen mit mir den Freizeitpark zu besuchen“, erwidert die Tochter.

Die Trauer ist dem Kind deutlich anzumerken. Sie hat ihren Vater offensichtlich sehr geliebt.

„Aber du hast deiner Mama nichts davon erzählt?“, fragt Simone.

Sie schüttelt den Kopf.

„Ich musste ihm versprechen, dass ich Mama nichts von der Erbschaft erzähle“, antwortet sie zögerlich.

„Und an das Versprechen hast du dich gehalten?“, hakt Simone nach.

Wir überlassen ihr die Befragung des Mädchens. Ihr fällt es aufgrund ihres Geschlechts einfach leichter, das Vertrauen der Kleinen zu gewinnen. Es ist auch deutlich zu erkennen, dass ihr das Gespräch nicht unangenehm ist. Zumindest nicht mehr, als es in diesem Moment absolut nötig ist.

Das Mädchen nickt heftig, als wolle sie versichern, dass sie das Versprechen an ihren Vater nicht gebrochen hat.

„Ich habe Mama nichts davon erzählt, bis sie mich heute gefragt hat. Da konnte ich sie einfach nicht anlügen."

„Es wusste also niemand außer dir von dem Geld, das dein Papa geerbt hat?"

Simone schenkt ihr ein aufmunterndes Lächeln, als das Mädchen sie etwas verschreckt bei der Frage ansieht. Sie presst die Lippen aufeinander, bis man nur noch einen dünnen Strich sieht. Das ist ein deutliches Zeichen, dass sie ein Geheimnis diesbezüglich hat. Hoffentlich ist das Mädchen bereit uns davon zu erzählen.

„Papa sagte ja, ich dürfte es nur nicht Mama erzählen und ich wollte wirklich sonst auch niemandem davon erzählen, aber einmal ist mir was rausgerutscht", antwortet sie schließlich zögerlich.

Ihr Vergehen ist ihr sichtlich unangenehm. Dennoch ist sie bereit uns davon zu erzählen. Das zeugt davon, wie wichtig ihr das Verhältnis zu ihrem Vater war und somit auch die Aufklärung seines Todes.

Die Augen der Mutter weiten sich. Offensichtlich hat ihre Tochter ihr davon nichts erzählt.

„Schatz, wem hast du denn davon erzählt?“, fragt diese überrascht.

Die Kleine sieht ihre Mutter stirnrunzelnd an. Dabei beißt sie sich auf die Unterlippe und hat offensichtlich ein schlechtes Gewissen. Welches Geheimnis hat dieses Mädchen nur?

„Jetzt sag schon!“, fordert er Mutter nachdrücklich.

„Aber du darfst nicht mit mir schimpfen!“, erwidert das Mädchen und sieht ihre Mutter dabei flehend an.

„Ich werde nicht mit dir schimpfen“, entgegnet die Mutter mit einem beruhigenden Lächeln. „Versprochen!“

„Melinda“, murmelt sie schließlich.

Die Augen ihrer Mutter weiten sich.

„Wer ist Melinda?“, frage ich neugierig.

„Melinda ist meine Freundin“, antwortet die Mutter nach kurzem Zögern.

Dabei sieht sie sehr besorgt und erschüttert aus.

Ich kann nicht sagen, was sie mehr bestürzt. Die Tatsache, dass ihre Tochter sich dieser Melinda anvertraut hat, oder jene, dass eben diese Freundin ihr nichts von dem Geheimnis ihrer Tochter erzählt hat. Fragend sehe ich zu Simone, denn ich bin mir nicht sicher, was die Frau mit Freundin genau meinte. Eine Freundin, mit der man ab und zu was trinken geht und

Geheimnisse tauscht, so wie es Frauen oft tun, oder hatte sie mit der Frau eine Beziehung?

„Wieso hast du denn mit Melinda darüber gesprochen?“, hakt Simone nach.

„Sie war so traurig, weil sie Geld brauchte. Da wollte ich sie trösten und habe gesagt, dass ich mit meinem Papa reden würde, ob er ihr das Geld gibt“, gesteht sie.

„Und was hat Melinda da gesagt?“, fragt ihre Mutter nach und übernimmt somit die Befragung der Kleinen für uns.

Vermutlich ist dies auch besser, denn der eigenen Mutter wird das Mädchen sich sicherlich eher anvertrauen, als fremden Menschen, wie wir es für das Kind sind.

„Sie hat gesagt, dass mein Papa nicht genügend Geld hätte, um ihr helfen zu können“, sagt das Mädchen schulterzuckend.

„Und dann hast du ihr von der Erbschaft erzählt?“, hakt Simone nach.

Die Kleine nickt und sieht dabei beschämt zu Boden.

„Ich wollte es nicht, aber es ist mir einfach rausgerutscht, als Melinda so traurig war.“

„Das macht doch nichts, Süße“, sagt ihre Mutter und legt ihr beruhigend eine Hand auf die Schulter.

Simone nickt der Mutter zu, die daraufhin ihre Tochter aus der Befragung entlässt und sie in ihr Zimmer schickt, um die Hausaufgaben zu erledigen.

„Wohnt Melinda bei Ihnen?“, fragt Simone die Mutter, als die Tochter den Raum verlassen hat.

Die Mutter schüttelt den Kopf.

„Nein, aber sie ist natürlich sehr oft bei uns“, antwortet sie.

„Also kennt Ihre Tochter sie sehr gut und hat auch Vertrauen zu ihr?“, hakt Hansi nach.

„Ja, wir sind schon seit etwas mehr als zwei Jahren zusammen und die beiden verstehen sich wirklich gut“, versichert sie. „Dennoch verstehe ich nicht, warum Melinda mir nichts davon erzählt hat.“

Den letzten Satz hat sie nur noch gemurmelt und ihn mehr zu sich selbst, als zu uns gesagt. Offensichtlich ist sie überaus enttäuscht von dem Verhalten ihrer Freundin und so wie es aussieht fragen nicht nur wir uns, warum Melinda ihrer Freundin so ein Geheimnis verschwiegen hat.

„Wir sollten mit Ihrer Freundin reden“, schlage ich vor.

„Sie ist gerade bei ihren Eltern zu Besuch und kommt erst morgen zurück“, erzählt sie uns.

„Wie lange ist sie denn schon bei den Eltern?“, fragt Simone.

„Erst seit gestern“, antwortet sie.

Dann könnte sie vor ihrer Abreise den Mord noch begangen haben. Allerdings müsste sie dafür eine verdammt gute Schützin sein.

„Was macht denn Melinda beruflich?“, hakt Simone nach, die offenbar den gleichen Gedanken hatte.

„Sie ist Postzustellerin“, antwortet sie.

„Hat sie etwas mit Waffen zu tun?“, frage ich nach.

„Sie glauben doch nicht etwa, dass meine Freundin etwas mit dem Tod von Helmut zu tun hat?“, fragt sie aufgebracht.

„Wie es aussieht, war sie die Einzige, die von der Erbschaft wusste und einen Nutzen aus dem Tod von Herrn Kramer hat, wenn auch nicht im direkten Sinn“, erklärt Simone.

„Und welchen Nutzen hätte sie aus seinem Tod?“, fragt die Mutter vorwurfsvoll und sieht uns dabei nacheinander finster an.

„Ihre Tochter ist die Erbin von Herrn Kramer und Sie als Ihre Mutter, werden das Geld verwalten, bis sie volljährig ist. Somit haben Sie vollen Zugriff auf das Geld. Vielleicht hat Ihre Freundin gedacht, Sie würden Ihr von dem Geld etwas abgeben“, erklärt Simone.

Die Frau schüttelt heftig den Kopf.

„Das kann ich mir nicht vorstellen. So ist Melinda nicht“, murmelt sie. „Und um Ihre Frage zu beantworten. Melinda hat nichts mit Waffen am Hut und kann damit auch nicht umgehen.“

18. Kapitel

21. September, nachmittags halb vier in Straubing

Erneut sitzen wir bei der jungen Mutter im Wohnzimmer und warten auf die Ankunft ihrer Freundin Melinda, die mittlerweile schon fast eine Stunde zu spät ist. So verhindern wir, dass Melinda von ihrer Freundin vorgewarnt wird. Zudem haben wir die Telefonate von Frau Winterfeld überwacht. Wenn sie also mit ihrer Freundin telefoniert hätte, um sie zu warnen dann wüssten wir davon.

„Sollte sie nicht schon längst hier sein?“, frage ich die Frau misstrauisch.

„Ich weiß auch nicht wo sie bleibt“, antwortet sie schulterzuckend. „Vielleicht ist ihr ja etwas passiert.“

Tatsächlich wirkt die junge Mutter bei ihrer Aussage besorgt. Immer wieder sieht sie zur Uhr.

„Ich rufe sie jetzt an, wo sie bleibt“, entschließt sie schließlich und greift zu ihrem Telefon.

Kurz darauf wird ihr Gespräch auch schon angenommen und wir können über die Lautsprecherfunktion mithören.

„Melinda, wo bleibst du denn so lange?“, fragt sie mit leichtem Vorwurf in der Stimme. „Du wolltest doch schon vor einer Stunde da sein.“

„Ich bin ja schon auf dem Weg, aber der Verkehr ist heute wirklich schrecklich. In ein paar Minuten sollte ich aber da sein, vorausgesetzt es kommt nichts mehr dazwischen.“

„Okay, dann bis gleich.“

Als die junge Mutter das Gespräch beendet, wirkt sie sichtlich erleichtert darüber, dass ihrer Freundin nichts zugestoßen ist.

„Sie ist in ein paar Minuten hier“, informiert sie uns.

„Wird auch Zeit“, brummt Hansi und lehnt sich seufzend zurück.

Tatsächlich hören wir wie wenige Minuten später die Wohnungstür aufgesperrt wird.

„Da bin ich“, ruft eine Frauenstimme gutgelaunt.

„Melinda, kommst du bitte ins Wohnzimmer“, ruft die junge Mutter durch die Wohnung.

Wir hören die Schritte im Flur, die sich uns nähern.

„Hallo, warten Sie auf mich?“, fragt Melinda überrascht, als sie ins Wohnzimmer kommt.

„Melinda, die Herrschaften sind von der Polizei und wollen mit dir über Helmuts Tod reden“, informiert ihre Freundin sie.

„Die Polizei will mit mir reden?“, fragt sie stirnrunzelnd.

„Wussten Sie denn, dass Herr Kramer vor kurzem eine Erbschaft erhalten hat?“

Bei Simones Frage sieht Melinda sie überrascht an.

„Was meinen Sie?“, erwidert die Frau und es wirkt wie eine Ausrede.

Sie verneint die Frage nicht, gibt es allerdings auch nicht zu. Es scheint, als wolle sie sich um eine Antwort herumwinden und erst einmal herausfinden, ob wir sicher wissen, dass die Tochter ihr das Geheimnis verraten hat.

„Wussten Sie von der Erbschaft?“, hake ich unnachgiebig nach.

Sie presst ihre Lippen fest aufeinander und sieht hilfesuchend zu ihrer Freundin. Diese weicht dem Blick aus und senkt die Lider.

„Na ja, kann sein, dass die Kleine da mal was erwähnt hat“, gibt sie schließlich zögerlich zu.

Man sieht ihr an, dass ihr das Geständnis verdammt schwerfällt. Ich würde alles darauf verwetten, dass diese Frau etwas zu verbergen hat. Allerdings kann ich mir nur schwer vorstellen, dass sie den Mord begangen hat. Zumindest sieht sie nicht so aus, als wäre sie eine Scharfschützin.

„Und was haben Sie mit dieser Information getan?“, fragt Simone herausfordernd.

„Was soll ich damit getan haben?“, erwidert sie und schüttelt dabei irritiert den Kopf.

„Na ja, Sie waren die Einzige, die etwas von der Erbschaft wusste und womöglich haben Sie ja gedacht, wenn die Tochter Ihrer Freundin dieses Geld erbt, dass Sie dann auch etwas davon abbekommen", sagt Hansi und sieht sie dabei durchdringend an.

„Sie glauben ich hätte etwas mit dem Tod vom Helmut zu tun?", ruft sie aufgebracht.

„Wir müssen jeder möglichen Spur nachgehen", wirft Simone ein.

Melinda sieht zu ihrer Freundin und dabei ist nicht zu übersehen, dass sie ihr misstrauische Blicke zuwirft. Vermutlich fragt sie sich, ob ihre Freundin wusste, dass die Polizei sie in Verdacht hat und warum diese sie dann nicht vorgewarnt hat.

„Ich habe Helmut nicht umgebracht", sagt sie schließlich bissig und verschränkt abwehrend die Arme vor der Brust.

„Stimmt es denn, dass Sie Geldprobleme haben?", hake ich weiter nach.

Sie presst ihre Lippen fest aufeinander und funkelt mich böse an.

„Ich glaube nicht, dass Sie meine finanzielle Situation etwas angeht", knurrt sie.

„Das bedeutet dann wohl, ja", stellt Hansi trocken fest.

„Selbst wenn, bedeutet das nicht, dass ich jemanden erschieße."

„Könnten Sie das denn?", hakt Simone nach.

„Sie meinen, ob ich fähig wäre einen Mord zu begehen?"

„Nein, ich meine, ob Sie die Fähigkeiten haben, mit einer Waffe umzugehen?"

„Woher sollte ich das denn können?“, erwidert sie verbissen.

Ich werde das komische Gefühl nicht los, dass die Frau uns etwas verschweigt.

„Unsere Kollegen sind gerade dabei Ihre Person zu überprüfen“, sagt Simone mit fester Stimme. „Also wenn Sie uns etwas zu sagen haben, dann sollten Sie das tun, bevor wir das selbst herausfinden, denn dann müssen wir davon ausgehen, dass sie etwas zu verbergen haben.“

„Na gut, ich war früher einmal bei einem Scharfschützenverein, habe allerdings alle meine Waffen verkauft und meine Waffenbesitzkarte aufgelöst“, gesteht sie schließlich nach kurzem Zögern.

„Also wären Sie in der Lage einen präzisen Schuss abzugeben?“

Bei meiner überraschten Frage, sieht sie mich schulterzuckend an.

„Das kommt auf die Entfernung an. Außerdem war ich nie so gut, weshalb ich den Schützenverein auch wieder verlassen habe.“

Die Frau überrascht mich wirklich, denn ich hätte nie gedacht, dass Sie an Waffen interessiert ist, oder vielleicht auch nur war.

„Warum hast du mir das nie erzählt?“, fragt Frau Winterfeld ihre Freundin, die wohl auch nichts von Melindas Vergangenheit in Sachen Waffenbesitz wusste.

„Ich weiß, was du von Waffen und deren Besitzern hältst. Immerhin hast du immer wieder betont, wie sehr du den privaten Besitz von Waffen verachtest. Gerade wenn Kinder im Haushalt leben“, erklärt ihr Melinda.

„Wären Sie denn einverstanden, wenn wir jetzt in Ihre Wohnung fahren und uns dort umsehen?“, fragt Simone mit einem freundlichen Lächeln.

Dabei ist es klar, dass diese Freundlichkeit nur vorgespielt ist. So wie ich sie kenne, hat sie die Frau genauso in Verdacht unsere Täterin zu sein, wie ich es habe. Es ist doch schon ein komischer Zufall, dass die einzige Person, die von der Erbschaft wusste, auch noch mit Waffen umgehen kann.

„Haben Sie denn einen Durchsuchungsbefehl?“, fragt sie herausfordernd.

„Nein, aber den können wir natürlich besorgen“, erwidert Simone mit einem gleichgültigen Schulterzucken.

Dabei ist dies gar nicht so einfach und vor allem brauchen wir dafür Zeit. Zeit, in der Melinda die mögliche Tatwaffe verschwinden lassen könnte. Denn auch wenn sie behauptet, sie hätte keine Waffen mehr in ihrem Besitz, heißt das nicht, dass dies wirklich der Wahrheit entspricht. Immerhin gibt es genügend Leute in Deutschland, die nicht registrierte Waffen besitzen, auch wenn das illegal ist.

„Von mir aus, dann durchsuchen Sie eben meine Wohnung. Sonst glauben Sie mir sowieso nicht, dass ich keine Waffen mehr habe“, seufzt sie und schüttelt sichtlich genervt den Kopf.

Das ging ja einfach. Ich habe nicht gedacht, dass wir sie so leicht überzeugen können. Hat sie etwa doch nichts zu verbergen und ist nicht unsere gesuchte Täterin?

19. Kapitel

21. September, abends halb sechs in Straubing

Ohne Ergebnisse kommen wir zurück in unserem Revier an. Wir haben die gesamte Wohnung auf den Kopf gestellt, doch weder eine Waffe, noch sonstige Beweise gefunden, die Melinda als Täterin überführen würden. Nicht einmal ein kleiner Hinweis, dass sie auch nur das Geringste damit zu tun haben könnte.

„Also, wir haben keine Waffe in ihrer Wohnung gefunden, außerdem glaube ich nicht, dass sie eine so gute Schützin ist, um einen so präzisen Schuss abzufeuern", murmelt Simone.

Man kann in ihrer Stimme Resignation vernehmen. Sie ist es leid, dass jeder einzelne Verdacht ins Leere läuft. Es muss einen Weg geben, um den Täter zur Strecke zu bringen.

„Vielleicht hat sie ja einen Auftragsmörder engagiert", schlage ich vor.

„Ein solcher möchte ja bezahlt werden", sagt Hansi mit gerunzelter Stirn. „Wir sollten ihre Kontoauszüge überprüfen."

Zustimmend nicke ich und Simone greift zum Hörer, um die Kollegen mit dieser Aufgabe zu betreuen. Anschließend beschließen wir für den heutigen Tag Feierabend zu machen, in der Hoffnung, dass wir morgen neue Erkenntnisse erhalten.

Auf dem Heimweg halte ich noch beim Leitner Xaver, um mir einen Presssack mitzunehmen. Ich brauche jetzt eine Kleinigkeit zu essen, die nichts mit Rosis Gesundheitsessen zu tun hat. Wobei so ein Presssack doch eigentlich gar nicht so schlecht ist. Immerhin besteht er lediglich aus Gelatine und etwas Fleisch.

Natürlich ist es nicht vegetarisch, aber das sollte mir Rosi nachsehen. Immerhin bin ich frustriert und brauche etwas zur Nervenberuhigung. Es ist ja nicht einmal Schokolade!

Als ich bei der Metzgerei meines Freundes ankomme, ist es kurz vor Ladenschluss. Zum Glück habe ich noch ein paar Minuten.

„Magst du mir noch einen Presssack aufschneiden?“, frage ich die junge Auszubildende, die erst vor ein paar Tagen hier angefangen hat.

„Ich habe die Maschine schon geputzt“, sagt sie und sieht mich dabei mit großen Augen flehend an.

Das bedeutet wohl, ich sollte auf meine Bestellung verzichten, um ihr Arbeit zu ersparen. Natürlich könnte ich jetzt auf meinen geschnittenen Presssack bestehen, aber ich bin ja kein Unmensch.

„Dann schneist mir einfach eine dicke Scheibe mit dem Messer ab“, erwidere ich daher.

Sie schenkt mir ein dankbares Lächeln und macht sich geschäftig an die Arbeit.

„Passt es so?“, fragt sie, als sie das Messer etwa zwei Zentimeter vom Anfang der Presssackrolle ansetzt.

„Darf ruhig ein bisschen mehr sein“, erwidere ich und deute ihr mit einer Handbewegung an, sie solle das Messer noch ein Stück verrutschen.

Schließlich soll es nicht nur ein Appetithäppchen sein, sondern eine anständige Mahlzeit. Als sie lediglich einen halben Zentimeter hinzugibt, winke ich mit meinen Fingern noch etwas zur Seite. Erneut verrutscht sie das Messer, bis ich schließlich mit der Presssackscheibe zufrieden bin. Erst dann nicke ich ihr zu, woraufhin die junge Frau die Schneide durch den Presssack gleiten lässt.

„Darf es sonst noch etwas sein?“, fragt sie freundlich, während sie die Scheibe abwiegt und einpackt.

Ich bin schon dabei dankend abzulehnen, doch dann sehe ich in der Auslage ein Leberkäseeck. Das ist das Endstück des Leberkäses, was ich am Allerliebsten mag. Wie soll ich denn da widerstehen?

„Das Leberkäseeck nehme ich auch noch“, entweicht es meinen Lippen, ohne dass ich es aufhalten kann. „Dann haben wir es.“

Kurz darauf komme ich zu Hause an und werde von meiner Frau schon mit einem gedeckten

Terrassentisch erwartet. Ein Glück, dass die Temperaturen endlich wieder erträglich sind. Wenig überraschend hat meine Frau jedoch lediglich eine große Schüssel Salat vorbereitet. Wenn ich genau hinsehe, stelle ich fest, dass sich darin auch noch ein paar Streifen Geflügelfleisch befinden.

Ich lege die Papiertüte mit dem Presssack und dem Leberkäse auf den Tisch.

„Was ist das?“, fragt Rosi und sieht mich vorwurfsvoll an.

„Ich habe noch einen Stopp beim Leitner eingelegt“, entgegne ich schulterzuckend.

„Warum hast du denn beim Metzger was gekauft. Ich habe doch extra einen Salat mit Putenstreifen gemacht.“

Der Vorwurf in ihrer Stimme ist nicht zu überhören.

„Mir war nur so nach Presssack“, entgegne ich schulterzuckend und öffne die Metzgertüte. „Natürlich esse ich auch etwas von deinem Salat.“

Rosi sieht mich tadelnd an und schüttelt ihren Kopf.

„Ja, zwei Gabeln oder so“, brummt sie seufzend.

Als ich das erste Wurstpaket aus der Tüte hole und aufmache, habe ich das Leberkäseeck in der Hand.

„Das sieht aber nicht aus wie ein Presssack“, sagt sie mit tadelnder Miene.

„Der Leberkäse ist für morgen“, erwidere ich. „Der hat mich nur so angelacht, da musste ich das kleine Eck mitnehmen.“

„Kleines Eck“, sagt sie zynisch. „Das sieht mir eher nach einer doppelten Portion aus.“

„Also für eine doppelte Portion ist das definitiv zu wenig“, antworte ich und schüttle den Kopf.

Sie rollt mit den Augen und nimmt den Leberkäse an sich, um ihn ins Haus zu tragen und vermutlich im Kühlschrank zu verstauen. Bevor sie zurückkommt schnappe ich mir den Presssack und fange an davon zu essen. Nicht, dass meine Frau noch entscheidet, das Stück wäre für eine Portion auch zu groß.

Natürlich lade ich mir auch eine Portion von Rosis Salat auf den Teller, damit sie sich nicht wieder beschweren kann. Außerdem verdecke ich damit einen Teil des Presssacks und es sieht nicht mehr so viel aus.

Schon von weitem sehe ich Rosi auf mich zukommen und ich stecke mir noch schnell ein großes Stück Presssack in den Mund. Rosi wirft einen misstrauischen Blick auf meinen Teller. Überraschenderweise sagt sie nichts Negatives, sondern setzt sich einfach zu mir an den Tisch und füllt sich ihren Teller mit Salat.

„Möchtest du auch ein Stück von dem Presssack?“, frage ich sie anstandshalber, denn ich weiß, dass meine Frau keinen Presssack mag.

„Ja, ein kleines Stück mag ich probieren“, antwortet sie jedoch völlig überraschend.

Mein Kinn klappt auf und für einen Moment bin ich sprachlos, denn mit dieser Antwort habe ich wahrlich nicht gerechnet. Daher dauert es auch eine Weile, bis ich meinen Verstand wiederfinde und das Messer an meinem geliebten Presssack ansetzte.

„So?“, frage ich und setze das Messer bei etwa einem Bissen an.

Gut, es ist ein recht kleiner Bissen, aber immerhin hat sie gesagt, sie möchte lediglich probieren.

„Ruhig ein bisschen mehr!“, fordert sie und ich weiß genau, dass sie mich damit nur ärgern möchte.

Sie mag eigentlich gar keinen Presssack und jetzt möchte sie plötzlich ein großes Stück davon abhaben?

Ich schiebe das Messer etwas weiter und schneide dann einfach ein Stück ab, ohne sie erneut zu fragen, ob es genug ist. Schmunzelnd hält sie mir ihren Teller entgegen.

20. Kapitel

22. September, morgens halb neun in Straubing

Als ich unser Büro betrete werde ich euphorisch von meinen Kollegen begrüßt. Offensichtlich haben sie gute Nachrichten, und ich kann es kaum erwarten sie zu hören.

„Du hast das Beste verpasst“, sagt Simone geheimnisvoll.

„Habt ihr den Mörder?“, frage ich neugierig.

„Noch nicht, aber wir wissen, wer es war und es wird nicht mehr lange dauern, bis sie hinter Gitter sitzt“, antwortet Hansi zufrieden.

Ich sehe ihn fragend an.

„Jetzt sag schon!“, fordere ich ungeduldig.

„Melinda hat sich für heute Vormittag ein One-Way-Flugticket nach Thailand gekauft. Die Kollegen sind schon informiert und werden sie am Flughafen abfangen“, erklärt Simone.

„Wir müssen nur noch warten“, grinst Hansi zufrieden. „Möchte noch jemand einen Kaffee?“

Überrascht sehe ich ihn an. Für gewöhnlich ist Hansi nicht der fürsorgliche Typ, der den Kaffeelieferanten für andere spielt. Offensichtlich sorgt die Aussicht auf die Festnahme der Täterin für extrem gute Laune bei ihm.

„Ich nehme einen“ nicke ich ihm zu.

Gerade als Hansi das Büro verlassen möchte, klingelt das Telefon. Simone wirft einen Blick auf das Display.

„Das sind die Kollegen vom Münchner Flughafen“, sagt sie.

Sie nimmt das Gespräch an und vermutlich um uns zu ärgern und auf die Folter zu spannen, drückt sie nicht auf den Lautsprecherknopf. Hansi bricht sein Vorhaben des Kaffeeholens ab und geht zurück zu seinem Schreibtisch. Wir beide sehen sie neugierig an und versuchen etwas aus dem Gespräch herauszuhören. Leider bleibt Simones Miene undurchsichtig und mehr als ein paar zustimmende Laute gibt sie auch nicht von sich. Nach einer Weile bedankt sie sich und beendet das Gespräch. Als sie den Hörer auflegt, sieht sie uns grinsend an.

„Willst du uns noch lange auf die Folter spannen, oder endlich erzählen, ob die Kollegen erfolgreich waren?“, frage ich und sehe sie vorwurfsvoll an.

„Sie waren erfolgreich“, antwortet Simone zufrieden. „Sie waren sogar sehr erfolgreich und Melinda hat auch schon ein Geständnis abgelegt.“

„Einfach so?“, fragt Hansi überrascht.

„Na ja, sie haben die Tatwaffe gefunden und sie ihr vor die Nase gehalten, da hatte sie wohl keine andere Wahl, als alles zu gestehen“, antwortet Simone mit einem zufriedenen Schulterzucken.

„Sie haben die Tatwaffe bei ihr gefunden?“, frage ich ungläubig. „Dann hat sie den Schuss selbst abgefeuert?“

„Wir haben herausgefunden, dass sie uns angelogen hat, was ihre Schießkünste angeht. Sie hatte regelmäßig an Wettkämpfen teilgenommen und diese fast immer gewonnen“, erwidert sie.

„Wo hat sie die Tatwaffe versteckt?“, hakt Hansi nach.

Simone lacht auf und zieht anerkennend ihre Augenbrauen in die Stirn.

„Tatsächlich hatte sie ein verdammt gutes Versteck. In ihrem Auto unter dem Rücksitz, hatte sie extra ein Fach eingebaut, in dem sie die Waffe versteckte. Die Kollegen in München haben das Auto fast komplett auseinandergebaut, bis sie das Gewehr finden konnten.“

„Aber sie hatte doch gar keine Waffenbesitzkarte mehr“, werfe ich stirnrunzelnd ein.

„Die Waffe ist auch nicht registriert“, entgegnet Simone.

„Wer hätte das gedacht“, murmle ich nachdenklich.

Natürlich ist mir der Gedanke gekommen, dass es solche Waffen gibt, doch zu erfahren, dass tatsächlich ein Menschenleben damit genommen wurde, macht mich sprachlos. Warum hatte diese Frau eine solche Waffe?

Wann hatte sie den Gedanken gefasst, damit einen Mord zu begehen?

Erst als sie Geldprobleme hatte und sie von der Erbschaft erfuhr, oder schon als sie sich dazu entschloss die Waffe zu behalten, oder sie gar erst zu beschaffen? Die meisten nicht registrierten Waffen werden innerhalb der Familie weitervererbt. Natürlich gibt es auch solche, die absichtlich beschafft werden, um damit ein Verbrechen zu begehen. Ob wir jemals erfahren, wie Melinda an das Gewehr gekommen ist?

„Und sie hat den Mord tatsächlich nur begangen, weil sie hoffte einen Teil der Erbschaft von ihrer Freundin zu erhalten?“, fragt Hansi.

„Sie ist davon ausgegangen, dass Frau Winterfeld als Verwalterin der Erbschaft ihr das Geld leihen würde. Offensichtlich hat Melinda mehrere Tausend Euro Schulden angehäuft.“

Simone schüttelt bei ihrer Aussage seufzend den Kopf.

„Eins der meisten Mordmotive, neben Eifersucht“, brumme ich.

„Warum töten Menschen immer wieder für Geld?“, fragt Hansi betrübt.

„Das war schon immer so und das wird immer so bleiben“, antworte ich.

Leider ist das Leben nicht gerecht, das wurde mir während meiner Dienstzeit immer wieder schmerzlich bewusst.

„Zumindest ist der Mordfall aufgeklärt“, murmelt Hansi.

„Das arme Mädchen“, seufzt Simone. „Sie muss nicht nur den Tod ihres Vaters verkraften, sondern auch noch die Tatsache, dass eine ihr sehr vertraute Person den Mord begangen hat.“

„Das wird nicht leicht für die Kleine und auch ihre Mutter wird das erst einmal verarbeiten müssen“, stimme ich ihr zu.

„Aber zumindest können sie irgendwann leichter damit abschließen, weil sie wissen, wer Herrn Kramer umgebracht hat. Es wäre viel schlimmer, wenn sie im Ungewissen bleiben müssten.“

Ich nicke bei Hansis Worten.

„Wenn sie nicht versucht hätte zu fliehen, indem sie den Flug gebucht hat, hätten wir sie vielleicht nie der Tat überführen können“, murmle ich nachdenklich.

„Wir hätten sie schon überführt. Spätestens wenn wir rausgefunden hätten, dass sie eine so gute Schützin ist, wären wir ihr auf die Spur gekommen“, entgegnet Simone. „Aber die Sache, wie sie ihr Gewehr versteckt hat, war wirklich schlau.“

Simone zieht anerkennend ihre Augenbrauen in die Stirn.

„Jetzt bist du auch noch von ihr beeindruckt?“, fragt Hansi.

„Ihr müsst zugeben, dass der Schuss auf diese Entfernung für eine Sportschützin wirklich außergewöhnlich präzise war. Nicht zu vergessen, dass ihr Opfer auf dem Fahrrad auch noch in Bewegung war. Dann das außergewöhnliche Versteck für die Tatwaffe…“

Es gefällt mir nicht, dass die Mörderin auch noch Anerkennung für ihre Tat erntet, auch wenn ich zugeben muss, dass Simone mit ihrer Aussage richtig liegt. Dennoch hat die Frau ihre Talente für einen Mord genutzt und das ist alles andere als Anerkennung wert.

„Einigen wir uns darauf, dass die Frau es verdient hat hinter Gittern zu landen“, schlägt Hansi vor.

Zustimmendes Schweigen breitet sich aus und Simone seufzt leise.

„Was ist jetzt eigentlich mit dem versprochenen Kaffee?“, frage ich Hansi nach einer Weile.

Er stößt seufzend den Atem aus und für einen Moment glaube ich, dass er sein Angebot von vorhin zurückzieht. Doch dann erhebt er sich und macht sich auf den Weg. Wenn er wieder da ist können wir auf einen weiteren gelösten Fall anstoßen. Auch wenn es nur mit Kaffee ist.

ENDE

Impressum

Elisa Lark
c/o Werneburg Internet Marketing und Publikations-Service
Philipp-Kühner-Straße 2
99817 Eisenach

E-Mail: elisa-lark@freenet.de

Vielen Dank,

für den ehrlichen Erwerb meines Buches. Ich hoffe die Geschichte um den pensionierten Polizisten Karl Ramsauer hat dir gefallen.

Falls dem so ist, würde ich mich sehr freuen, wenn du dir die Zeit nehmen würdest eine Rezension zu schreiben.

Deine Elisa Lark

Glossar

Kanapee:	Sofa, Couch
Krautwickerl:	Kohlrouladen
Hamperer:	Nichtsnutz
lagg:	abgestanden
Diandl:	Mädchen
Schwammerlsuppe:	Pilzsuppe
Batz:	Dreck
Bissgurke:	anstrengende, nervige Frau
Preiß:	Menschen, die nicht bayrisch sprechen oder nicht aus Bayern kommen
Hallodri:	Weiberheld, hinter jedem Rock her
Sulze:	gebratenes kaltes Fleisch in saurem Gelee

Hundstage:	Tage, an dem es einem schlecht geht
Spezi:	Freund, Kumpel
Watterer:	Kartenspiel
ausschoffen:	Spielzug beim Kartenspiel (Watten)
Hagelstegga:	Gehstock

Wenn ihr wissen wollt, ob der Ramsauer weiterhin auf Verbrecherjagd geht, dann haltet die Augen nach seinem nächsten Fall offen. Infos und Neuigkeiten gibt's auf meiner Facebook-Seite.

Das Böse schläft nie …

In diesem Sinne, bis zum nächsten Mal!